국내 1호 여성 프로파일러가
들려주는 프로파일러의 세계

오늘도
살인범을
만나러
갑니다

이진숙 지음

행성B

서문

서른다섯이라는 늦은 나이에 경찰공무원에 합격했다. 기쁜 소식이었지만 아이들 때문에 마냥 기뻐할 수만은 없었다. 당시 큰애는 초등학생이었고 둘째는 유치원생이었다. 남매를 두고 6개월간 교육을 받아야 한다고 생각하니 절로 아득해졌다. 남편과 친정엄마의 도움이 아니었다면 용기를 내지 못했을 것이다.

직장인인 딸이나 며느리가 아이를 낳으면 친정엄마나 시어머니가 육아를 맡아 주는 일이 많다. 여성이 여성을 힘들게 하는 흔한 사례 중 하나다. 하지만 오래 고민할 수 없었다. 빨리 결정을 내려야 했다. 고민 끝에 친정엄마에게 사정을 말씀드렸다. 그날은 죄송해서 잠도 이루지 못했다. 끙끙 앓는 내 모습에 남편이 먼저 자신도 도울 테니 아이를 문제는 내려놓으라며 응원해 주었다. 두 사람 덕분에 나는 무사히 입교할 수 있었다.

평균 수명이 늘어났다. 그런 만큼 연애와 결혼 등 모든 면에서 적령기가 조정되어야 한다고 본다. 하지만 20, 30년 전만 해도 여성은 보통 서른 살 전에 결혼해야 했다. 아이까지 낳으면 직장을 그만두는 경우도 적지 않았다. 그런데 나는 서른다섯이었고, 심지어 두 아이의 엄마였으니 최악의 상황에 처한 것이나 다름없었다.

하지만 모든 것은 마음먹기에 달렸다. 범죄분석관 특채시험에 당당히 합격하고 나니 생각보다 일이 술술 풀렸다. '나는 합격한다 해도 어려울 거야'라고 생각하고 시도해보지도 않았다면 지금 같은 기회는 주어지지 않았을 것이다. 우물쭈물할 때는 주변에서도 주저하며 도와주지 않으려고 한다. 그렇지만 결심이 단단해 보이면 주위의 반응도 변하는 것 같다.

전문가는 누군가가 나에게 그냥 던져주는 타이틀이 아니다. 내가 매력을 느끼는 분야에서 열심히 도전할 때 뒤따르는 보상이라고 할 수 있다. 요즘엔 드라마나 영화 작가가 찾아오기도 한다. 인터뷰 요청도 오는 걸 보면 신기하고 열심히 살았다는 생각에 뿌듯하기도 하다.

가끔 무척 외롭고 세상에 혼자 남겨진 것 같기도 했다. 그런데 바닥만 내려다보다가 고개를 들어보니 너무나 많은 지원자가 있었다. 정말 감사한 일이다. 여러 선후배와 동료, 남편과 아이들 모두가 내 편이라는 걸 깨달았을 때 세상이 마법처럼 느껴졌다.

늦은 나이에 시작했기 때문에 일해온 시간보다 일할 수 있는 시간이 더 짧다. 그럴수록 더 신명 나게 일해볼 생각이다. 다행히 업무와 육아 환경도 예전보다 더 좋아지고 있다. 그래서 육아 문제로 힘들어하는 후배들보다 조금 더 열심히 해서 그들에게도 힘을 보태려고 한다. 노하우는 빠짐없이 알려주고, 열정적이고 현명한 후배들에게 한 수 배워가며 프로파일링의 폭을 넓히는 데도 기여하고 싶다.

광역분석 일정이 정해지고 나면 여러 건강식품을 평소보다 더 열심히 챙겨 먹으려고 노력한다. 프로파일러는 새벽까지 사건을 분석해야 한다. 그런데 나이가 많다고 해서 내가 먼저 힘들어하는 모습을 보이면 후배들도 힘이 빠질 수 있다. 그래서 나는 체력 관리도 의무라고 생각한다.

이 책을 읽는 여러분 모두에게 늦은 때란 없다는 점을 말씀드리고 싶다. 지금이라도 얼마든지 무엇이든 도전할 수 있다. 모두 나보다 훌륭한 분들이라 생각한다. 그걸 스스로 믿기만 하면 말이다. 혹시 자존감이 낮다면, 왜 나만 열악한 환경에 있는 걸까 하고 자포자기하고 싶어진다면, 매일 거울을 보며 '나는 참 괜찮은 사람이야! 뭐든지 할 수 있어'라는 주문을 걸어보라. 정말 마법 같은 일이

밀어진다.

스스로를 존중하지 않는데 누가 나를 존중해준단 말인가? 어딘가 허술한 듯한 나의 글을 읽으면서 더 용기를 내자. '이런 사람도 하는데 나라고 왜 못 해'라고 생각했으면 한다. 마음먹기에 따라서 뭐든 할 수 있다는 자신감을 가졌으면 좋겠다. 책을 덮을 무렵 자기 자신을 어여쁘게 여기는 사람이 되어 있기를 간절히 바란다. 책 속에 나오는 사례는 내가 실제로 경험한 사건들이다. 다만 개인정보 등을 보호하기 위해 일부 각색했음을 밝혀둔다.

끝으로 책을 쓰도록 용기를 주고 소소한 일을 대신 챙겨준 언니와 동생, 집안일을 도맡아준 사랑스러운 딸, 해병대에서 군 복무 중인 해피 보이 아들, 영원한 연인인 나의 동반자, 그리고 지금도 여러 사건과 씨름하고 있을 동료 프로파일러들에게 진심으로 고맙다는 말을 전하고 싶다.

차례

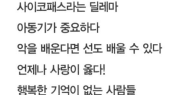

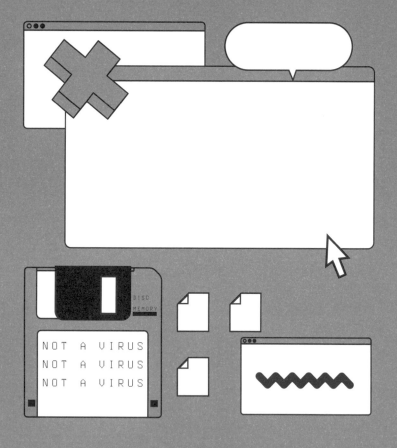

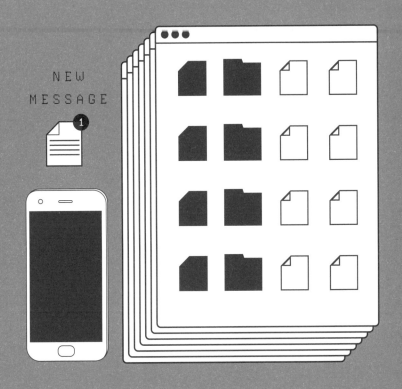

1

NEW
MESSAGE

오늘도 살인범을 만나러 갑니다

사건 #1
작은아들은 왜
어머니와 형을 살해했을까

작은아들에 의해 실종으로 접수된 사건을 강력사건으로 전환한다
는 연락을 받고 현장에 도착했다. 사라진 사람은 어머니와 형, 두
사람이고 작은아들은 형보다 먼저 결혼해 분가해서 살고 있었다.
출동한 곳은 어머니와 형이 사는 집이었다. 작은아들은 어머니와
연락이 끊겨 실종 신고를 한 후 아내와 사는 자신의 집과 어머니의
집을 오가며, 최근엔 거의 어머니의 집에서 생활하고 있다고 했다.
어머니가 언제 돌아올지 몰라 자신의 집으로 돌아가지 못하고, 일
하는 시간을 제외하고는 거의 어머니 집에서 어머니를 기다리고 있
다는 것이었다.

현장은 3층 규모의 다세대주택이었고 대학가 인근에 있어 1층과

2층은 학생들에게 세를 주어 월세를 받았고, 실종자들은 3층에서 거주하고 있었다. 형인 큰아들은 자가용을 이용하여 서울로 출퇴근을 했다.

광역과학수사 체제가 된 지금은 상황이 조금 다르지만 당시만 해도 지방청 과학수사계와 경찰서 과학수사계가 분리되어 있었고, 경찰서에서 연락을 받으면 지방청 과학수사계에서 현장감식을 담당하는 직원들과 함께 현장을 살펴보곤 했었다. 그러다 보니 새벽에 살인사건이 발생했다는 연락을 받으면 자다가도 나와야 하는 일이 꽤 있었다. 물론 이 사건은 실종으로 접수된 사건을 살인사건으로 전환한 경우이기 때문에 촌각을 다투어 현장 출동을 해야 하는 상황은 아니었다.

과학수사요원들이 현장에 도착해서 제일 먼저 하는 일은 현장의 외부와 내부를 동영상과 사진으로 세세하게 촬영해놓는 일이다. 세부적으로 감식을 진행하면서 개별적으로 사진을 찍기도 하지만 사건 현장을 전체적으로 촬영하는 일은 현장 재구성을 위해서도 매우 중요하다. 그래서 처음 발령받아 현장감식을 배울 때는 동영상을 촬영하거나 사건 현장을 스케치하는 일을 맡기도 했다.

현장감식을 담당하는 과학수사요원들이 감식을 진행하는 동안 나는 건물 주변 도로의 형태, 건물에 접근할 방법과 현장에 범인의 흔적이 남아있는지 등을 살피는 일을 진행했다.

그런데 이상했다. 집안 구석구석을 감식했지만 거실에 물건 몇 개가 흐트러져 있고 컴퓨터 본체가 나와 있는 것 빼고는 딱히 다른 흔적이 발견되지 않았기 때문이다. 어수선해 보이기는 했지만 누군가 침입한 흔적도, 집을 비우고 어디론가 가기 위해 정리 정돈한 흔적도 찾을 수가 없었다. 어머니가 평소 들고 다니던 가방과 지갑, 휴대폰도 모두 제자리에 있었고 형이 타고 다니던 자가용도 주거지에 그대로 주차되어 있었다. 두 사람이 한꺼번에 사라진 것도 이상했지만 평소 사용하던 물건들이 모두 제자리에 있는 것은 더 이상했다.

그런데 거실에 걸린 달력에서 '15'라는 숫자에 쳐놓은 동그라미가 자꾸 마음에 걸렸다. 달력에 표시했다면 뭔가 의미 있는 날일 텐데 따로 메모가 되어 있지는 않았다. 15일은 작은아들이 어머니와 형을 실종 신고한 날이었다. 그리고 그 표시도 작은아들이 해놓은 것이라고 했다. 굳이 어머니가 실종된 날짜에 파란색으로 선명하게 동그라미를 쳐놓을 필요가 있는지 좀 이상하게 느껴졌다. 같이 현장에 출동한 직원들은 "그럴 수도 있지 뭐" 하고 말했지만 계속 신경이 쓰였다. 그래서 현장감식요원에게 달력도 촬영해달라고 부탁했다.

이상하리만큼 깨끗한 현장과 어딘가 불안해 보이는 작은아들을 뒤로하고 과학수사요원들은 거실과 주방, 욕실, 방들을 감식하기 시작했다. 나는 현장감식을 하는 직원들을 도와서 현장의 약도를 그리고 세부적으로 동영상을 촬영하며 내부를 꼼꼼히 살피기 시작했다. 1차 감식을 할 때만 해도 실종과 사망이라는 두 가지 가능성을 모두 열어놓고 있는 상태였다. 집 안 구석구석을 감식했지만 이렇다 할 증거가 발견되지 않았다.

그런데 이상한 것은 처음 집 안에 들어서자마자 진동했던 락스 냄새가 욕실에서 더 강하게 느껴지는 것이었다. 이상하다는 느낌은 들었지만 특별한 증거를 발견하지는 못했고 1차 감식을 마친 후 지방청으로 돌아왔다. 어머니와 형이 감쪽같이 없어졌고 살인사건으로 전환했다면 분명 현장에 무언가 흔적으로 남았을 일이었다. 그리고 현장에서 보였던 작은아들의 표정이나 태도도 신경 쓰였다. 그래서 나는 현장에서 찍어온 동영상과 사진을 반복해 돌려 보기 시작했다.

눈에 드러나는 증거가 없다 하더라도 사건과 관련된 흔적은 현장에 남기 마련이다. 그래서 과학수사요원들은 늘 에드몽 로카르 (Edmond Locard, 프랑스의 범죄학자. '법과학의 창시자' 또는 '프랑스의 셜록 홈스'라고 불린다)의 "모든 접촉은 흔적을 남긴다"는 말을 염두에 두고 감식을 진행한다. 나는 실종을 살인사건으로 전환해 수사하기 시각힌 이유가 무엇인지 수사자료를 수집한 후, 그것을 바탕으로 사건을 재분석하기 시작했다.

며칠 후 경찰서 강력팀과 지방청 광역수사대 형사들의 합동수사본부가 꾸려지고 프로파일러인 나도 함께 배치됐다. 지방청에는 가끔 들르기만 하고 경찰서에 차려진 수사본부에서 대부분의 시간을 보내면서 현장감식은 물론 압수수색한 자료와 디지털포렌식(범죄수사에서 적용되고 있는 과학적 증거 수집 및 분석 기법의 일종으로, 각종 디지털 데이터 및 통화 기록, 이메일 접속 기록 등의 정보를 수집·분석하여 범행과 관련된 증거를 확보하는 수사기법을 말한다) 자료까지 모두 섭렵하며 사건에 올인했다.

어머니와 형 모두 집에 들어오고 나서 나간 기록은 확인되지 않았고, 결근을 하지 않던 형도 15일 이후 아무런 연락도 없이 출근하지 않았다. 그런데 이상하게도 형이 몰던 차가 움직인 기록이 발견되었다. 이렇게 매일매일 수집되는 수사자료를 정리하고, 수사팀과 회의를 통해 용의자의 범위를 좁히면서 범행의 실체에 접근하기 위해 밤낮없이 소통했다. CCTV 분석과 탐문수사 등으로 작은아들 부부의 수상한 정황은 계속해서 포착되었다.

과학적 증거가 심증을 확신으로

차량 운행 경로를 추적하던 중 강원도 쪽 톨게이트 통행권에서 작은아들의 지문이 확인되었다. 심증이 과학적 증거로 확인되는 순간이었다. 그러나 실종자들의 흔적은 찾을 수가 없었다. 이제 실종이 아니라 살인이라는 심증이 확신으로 변하고 있었지만 시체를 찾아야만 실체적 진실을 밝힐 수 있는 상황이 되었다. 통행권에서 지문이 확인되었음에도 불구하고 작은아들은 자신의 운행 사실을 숨기고 있었다. 어쩌면 거짓 진술을 충분히 확보하는 것이 오히려 유리한 상황이었으나 피해자들의 흔적을 찾아야만 했다(거짓 진술을 장황하게 늘어놓다 보면 범죄자가 자신의 진술에 발목이 잡혀 스스로 생각해도 앞뒤가 안 맞는 상황이 되어버린다. 그래서 결국은 충분히 확보한 거짓 진술이 자연스럽게 자백을 할 수밖에 없는 상황을 만들기도 한다).

과학수사요원들은 2차 감식을 시작했다. 물론 나도 현장에 함께했다. 구석구석을 꼼꼼히 감식했지만 흔적을 발견하기 어려웠다. 급기야 싱크대와 세면대, 변기까지 모두 떼어내고 하수구용 배관 내시경 카메라를 이용하여 살펴보기 시작했다. 이런 경우 프로파일러는 감식이 진행되는 현장에 함께 있으면서 좀 더 세밀하게 보아야 하는 부분이 있는지 요원들과 의견을 나누게 된다. 현장감식을 담당하는 과학수사요원들이 세세한 수사자료까지 모두 접하는 것

욘이니기 때문에 이 과징은 매우 중요하다. 모든 작업이 소통 없이 일방적으로 진행되기는 어렵다. 배관내시경 카메라까지 동원하는 이유는 혹시 혈흔이나 인체조직이 발견될 경우를 염두에 두는 것이다. 성인 두 명이 사라졌는데 흔적이 발견되지 않는다면 최악의 경우까지 생각해놓아야 하기 때문이다.

그렇지만 의심되는 증거물은 찾지 못했다. 결국 정화조를 살펴보라는 지시가 떨어졌다. 욕실에서 심한 락스 냄새가 난 점을 고려한다면 시체 훼손이 욕실에서 이루어진 것이 아닌지 의심스럽고, 하수구에서 어떤 증거도 발견되지 않는다면 변기를 통해 정화조에 무언가 버려졌을지도 모른다는 이야기를 수사팀과 나눈 후였다.

정화조 감식은 최후의 방법으로 선택하는 일이다. 당시는 무더위가 가시지 않은 여름이었고 단순히 정화조를 살피는 차원이 아니라 그 안에서 흔적을 찾아야 했다. 그렇기 때문에 정화조 청소차를 불러서 정화조에 있는 오물을 차로 옮기면서 일일이 확인해야 하는 상황이었다. 입구에 모기장처럼 생긴 촘촘한 그물망을 놓고 하나하나 살펴가며 감식하기란 10년 이상 경력의 과학수사요원들에게도, 그 광경을 지켜보아야 하는 나에게도 쉬운 일이 아니었다.

악취도 악취지만 만만치 않게 배출되는 가스가 땀과 뒤범벅이 되면서 정말 고통스러웠다. 부패한 변사 현장을 수없이 가보았지만 그보다 심하면 심했지 조금도 덜하지 않았고 물 한 모금도 마실

수 없었다. 하지만 혹시라도 남았을지 모르는 증거를 찾아야 한다
는 절실함이 있었기 때문에 누구도 못 하겠다는 말은 하지 않았다.
오물을 청소차로 옮겼다가 다시 정화조로 옮기기를 몇 번 반복했
지만 기대와는 달리 무수히 많은 담배꽁초와 비닐 등만 발견되었
을 뿐, 인체조직으로 생각될 만한 것은 찾을 수 없었다.

　보통 매장된 시체를 발굴하다가도 너무 배가 고프면 물을 마시
거나 빵을 먹고 다시 진행하기도 한다. 그런데 정화조 감식을 하면
서는 금방이라도 토가 나올 것 같아 가져다주는 시원한 물도, 음
료수도, 아이스크림도 삼킬 수가 없었다. 나는 물론이고 누구 하나
먹을 엄두를 내지 못했다.

프로파일링이 빛을 발한 순간

이렇게까지 했는데도 이렇다 할 증거가 나오지 않으니 이제 프로
파일러인 내가 본격적으로 뛰어들어야 하는 순간이 왔다. 그간의
수사를 통해 밝혀진 대로 사라진 두 사람이 강력사건과 연결됐을
가능성은 충분했다. 시체 없는 살인사건으로 송치할지 고민하는
동시에 시체를 찾으려고 최선을 다했다. 오토바이 택배일을 하던
작은아들이 김장용 비닐을 산 정황과 현장 근처 마트에서 락스 등

을 구입한 내역도 확인되었다. 그리고 작은아들 부부의 집에서 사용하는 컴퓨터와 휴대폰을 디지털포렌식한 결과, 〈그것이 알고 싶다〉나 〈궁금한 이야기 Y〉 등 사건 관련 자료들을 검색한 기록도 여럿 포착되었다.

일단 첫 번째 용의자인 작은아들에게 자필 진술서를 받아달라고 부탁했다. 물적 증거가 없으니 심리적 증거를 이용해 작은아들의 심리를 자극해야 했다. 시체가 발견되든지 시체 훼손 과정에서 생기는 증거물이라도 있어야 하지만 그 어느 것도 찾지 못했으니, 이제 심리적 틈을 노려야 했다. 다섯 장의 자필 진술서를 받았고 한 줄 한 줄 꼼꼼히 분석했다. 예상했던 대로 여러 면에서 그가 진실한 진술자가 아니라는 징후가 눈에 띄었고, 이를 바탕으로 추궁해볼 만한 단서들도 찾아냈다. 아무리 냉혈한이라 할지라도 자신의 어머니와 형을 살해하고 맘 편할 리 없는 일이었다.

그러나 이런 과정이 있으리라고 이미 예상했을 작은아들은 생각보다 아주 담담하게 수사에 임했다. 마치 누군가의 지시라도 받는 듯, 정해진 시나리오대로 이야기하는 듯 틀에 박힌 진술만 했다. 일반적인 수사로는 작은아들의 방어벽을 허물어뜨릴 수 없을 것 같았다. 이러한 과정을 거치는 동안 작은아들이 아내와 나눈 카카오톡 메시지 등 디지털포렌식 결과가 나왔고, 이 결과를 분석하는 일 또한 프로파일러가 할 일이었다. 놀랍게도 두 사람이 나눈 대화 내용에서 범죄를 계획하고 구체적인 범행 방법을 만들어가는 과정이 그대로 드러났다. 반드시 그 방법대로 했다고 확신할 수는 없었지만 분명 예사롭지 않은 내용이었고, 여기에 등장하는 책과 TV 프로그램을 일일이 찾아서 확인해야 했다. 혼자서 분석하기엔 벅찬 양이었다.

그런데 작은아들 부부가 사는 집을 압수수색하는 과정에서 프로파일러인 내가 평소 관심을 가지고 읽은 책까지 여러 권 발견되었다. 그 책을 모두 구입해서 단서가 될 만한 내용을 모조리 찾아내라는 지시가 내려졌다. 모든 도서와 TV 프로그램을 분석하는 것은 불가능하다고 얘기하고 싶은 심정이었다. 그러나 어딘가에서 실마리를 찾을지도 모른다는 생각이 들었던데다, 형의 차가 운행한 기록이 발견되고 통행권에 지문이 찍힌 톨게이트를 지나간 것만으로는 시체 유기 장소를 특정할 수도 없는 상황이었다. 그러다 보니 물러설 곳이 없었다.

서적을 모두 구입해서 수사팀원들과 함께 읽고 서로의 의견을 나누기를 여러 번! 참고할 만한 내용을 정리하고 이들이 작성해놓은 메모와의 연관성도 분석했다. 또 작은아들과 그의 아내를 조사할 때마다 모니터링하고 신문전략을 짜기 시작했다. 어떤 질문을 할 때 이들의 표정이 바뀌는지, 언제 화제를 전환하려고 애쓰는지, 거짓말을 할 때 어떤 징후들이 나타나는지 일일이 체크했다. 작은아들의 경우엔 감정에 호소하는 전략으로는 절대 심리적 징벽을 허물 수 없음도 알렸다. 그리고 조사가 진행될수록 작은아들이 아내에게 많이 의지한다는 점도 발견할 수 있었다.

진짜 브레인은 작은며느리

이제 작은아들과 작은며느리를 각각 나누어 두 트랙으로 수사할 필요가 있음도 제시했다. 특히 작은며느리와 대화를 나눠야겠다고 판단해 자연스럽게 기회를 늘려갔다. 이때까지만 해도 그녀는 자신이 이 사건과 무관하다고 주장하며 의심받고 있는지도 몰랐다. 자신의 꿈이라면서 어떻게 하면 프로파일러가 될 수 있는지를 자세히 묻고 평소 관심을 가지고 보고 읽은 프로그램과 도서에 대해 이런저런 이야기를 들려주기도 했다.

어떤 동기에서 시작됐는지는 알 수 없지만 작은며느리는 사건과 관련된 내용을 다루는 〈그것이 알고 싶다〉와 〈궁금한 이야기 Y〉를 즐겨 시청하고 관련 도서도 구입해서 읽고 있었다. 관심이 많으면서도 우리나라에서 프로파일러가 실제로 어떤 일을 담당하는지 그녀는 구체적으로 알지 못했다. 그래서 남성 수사관들보다 여성인 나에게 훨씬 호의적으로 대했고, 어렵지 않게 많은 이야기를 주고

받을 수 있었다. 장시간 같이 있으면서 이런저런 대화를 나누다 보니 자신도 모르게 하지 말아야 할 이야기도 늘어놓았다. 나중에 밝혀진 일이기는 하지만 책이나 TV 프로그램을 보며 인상 깊었던 장면을 실제로 범행에 활용하기도 한 것으로 드러났다.

아무렇지도 않게 그녀의 이야기를 듣고 궁금증에 답해주기도 했지만 대화를 나눌수록 모든 계획은 작은며느리로부터 시작됐고 그녀가 브레인 역할을 하고 있음을 확신할 수 있었다. 아내의 지시와 결정이 내려지지 않는 한 범행과 관련된 이야기를 작은아들에게 들을 순 없을 것이라는 생각에 이르렀다. 이제 면담에 집중해야 할 대상도, 사건의 실마리를 쥐고 있는 사람도 아내라는 결론에 다다르게 된 것이다.

같이 밥도 먹고 차도 마시고 화장실에 갈 때 동행하기도 하면서 정말 많은 시간을 작은며느리와 함께 보냈다. 사건과 관련이 없다고 반복해 주장한 그녀의 머릿속은 복잡했겠지만, 프로파일러에게 궁금한 것이 많았기에 나에겐 협조적인 자세를 취할 수밖에 없었던 것으로 보인다. 물론 나도 이 사건에서 작은며느리가 브레인이라는 확신이 섰음에도 불구하고 힘들겠다며 그녀를 위로하고 도와달라는 자세로 임했다.

작은아들, 며느리와의 심리적 연결고리 넣기

작은아들이 조사를 받을 동안, 그리고 참고인 조사를 위해 경찰서를 방문할 때마다, 나는 사건에 대한 생각과 더불어 작은며느리에게 남편이 이 사건에서 빠져나가기 어렵다고 계속 이야기했다. 왜냐하면 그녀가 남편을 포기해야 자신이 살 방법을 궁리하면서 시체가 있는 장소를 찾을 수 있는 단서를 제시해주리라고 판단했기 때문이다. 또 브레인인 아내가 자신을 배신했다고 생각해야 작은아들도 흔들릴 것 같았다. 정선 카지노를 왔다 갔다 하던 이들이 어머니와 형을 동시에 살해한 이유가 무엇일까 고민하던 우리는 재산을 노린 강도살인으로 결론 내렸다.

그리고 작은아들에게 가망이 없다고 생각한다면 작은며느리가 혼자라도 재산을 챙기려고 할 것이 뻔한 상황이었기에 그 부분을 자극하고 이용해야만 했다. 나는 작은며느리에게 시체를 찾고 사건이 마무리되어야만 재산 문제가 정리될 수 있음을 설명하며, 중요하지 않다고 생각되더라도 이상하거나 의심 가는 점이 있으면 무엇이든 이야기해달라고 부탁했다. 자신은 남편이 무슨 일을 했는지, 왜 그런 상황이 벌어졌는지 알지 못한다고 반복하던 아내였다.

그런데 내 이야기가 설득력이 있었는지 갑자기 작은며느리는 최면수사라도 받아서 기억나는 모든 것을 알려주고 싶다고 했다. 지금 나는 법최면 수사관 교육을 이수한 상태지만 당시만 해도 최면이라고는 범죄 분석 교육 기간 동안 한두 시간 배운 게 전부였다. 그래서 나는 이 상황에 어떻게 대처해야 할지 순간적으로 고민했다. 그렇지만 작은며느리가 법최면을 핑계로 무언가를 이야기하려 한다는 생각에 정식 절차를 밟을 겨를이 없다고 판단했다. 나는 지체하지 않고 법최면이 가능하다고 말하고는 당장 해보겠느냐고 제안했다. 그녀는 흔쾌히 그러겠다고 했고 빈 사무실을 하나 빌려 법최면을 진행했다.

원래는 리클라이너처럼 편안한 의자에 앉혀야 하는데 갑자기 실시하는 것이라서 그런 환경을 조성하기는 어려웠다. 일반 소파였지만 최대한 편안히 앉도록 하고 교육받았을 때의 기억을 최대한 더듬어가며 최면을 유도하기 시작했다.

"자, 눈을 감고 온몸에 힘을 빼보겠습니다. 오로지 제 목소리에만 집중하시면서 온몸에 힘이 쭉 빠진다고 생각해보겠습니다. 자, 이제는 이마에 집중해보겠습니다. 숨을 충분히 들이쉬고 후~ 하고 내쉬면서 이마에서 힘이 쭉 빠져나간다고 상상해보겠습니다. (…) 자! 이제 눈을 뜨면 지금까지 한 이야기를 모두 기억할 수 있습니다. 하나, 둘, 셋!"

엉터리 최면이었지만 눈을 뜬 후 자신이 남편의 차를 타고 잠결에 느꼈던 상황을 이야기하며 남편이 갔던 장소와 시체가 있으리리고 예상되는 지역에 묻힌 정보를 진술했고, 그림까지 그려가며 해주는 설명을 자세히 들을 수 있었다. 정확한 정보인지는 알 수 없었지만 그렇다고 무시할 수도 없었다.

살인범과의 동침

수사본부와의 회의 끝에 다음 날 작은며느리와 함께 시체를 찾으러 가기로 했다. 기자들의 관심이 집중된 사건이기 때문에 아침 일찍 출발해야만 카메라를 따돌릴 수 있었다. 시체를 찾을 수 있을지는 미지수였기 때문에 언론에 알릴 상황이 아니었다.

그러나 문제는 그녀가 평소 수면제를 복용해서 이른 시간에 일어날 자신이 없다고 하는 것이었다. 그러면 친정집에 가서 자고 가족들의 도움을 받아 일어나기를 권유했지만 그녀는 자신의 집으로 가겠다고 고집을 부렸다. 그녀를 혼자 보낼 수는 없었으므로 누군가가 그녀와 함께 잠을 자러 가는 방법밖에는 없었다. 그런데 그녀가 동의하긴 했지만 선뜻 그러겠다고 하는 사람이 없었다. 그도 그럴 것이 그녀가 사건 현장에서 수면제를 먹였을 가능성이 있다고 판단하고 있었기 때문이다. 그녀의 집도 안전한 공간은 아니었다.

수사관들이 대놓고 말하지는 못하고 내 얼굴만 쳐다보는 것이 느껴졌다. 내 생각에도 더는 물러설 곳이 없었다. 최면을 진행한 장본인이기 때문에 어떤 식으로든 이 상황을 책임져야겠다고 생각했다. 수사가 장기화되면서 집에 들어가지 못한 날이 많았기 때문에 굳이 가족에게까지 자세하게 이야기할 필요는 없었다. 그랬다면 당연히 반대했을 테니까. 남편과 아이들에게는 수사가 계속 진행되고 있어 집에 들어가기가 어렵다고만 말해두었다. 그리고 작은며느리의 집으로 가서 함께 잔 뒤, 그녀를 아침 일찍 깨워서 데리고 나오기로 결정했다.

수사본부에서는 문밖에 형사들을 대기시킬 테니까 걱정하지 말라며 안심시켰다. 하지만 철문 안쪽에서 이루어지는 일을 문밖에서 무슨 수로 막을 수 있단 말인가? 커피나 주스라도 한 잔 건넨다면 그동안 쌓은 신뢰감 때문에 안 먹겠다는 말도 하기 어렵고, 혹시라도 음료에 수면제라도 넣어서 준다면 절대 안전할 수 없는 상황이었다. 지금 생각하면 아찔한 순간이다.

작은아들 부부가 사는 집은 원룸 형태였고 한편에 매트리스를 깔아놓고 생활하고 있었다. 고양이도 두 마리나 키우고 있어 고양이털이 방안에 그득했다. 낯선 사람이 나타나자 고양이들이 내 주위로 자꾸 다가왔다. 평소 동물을 한 번도 키워보지 않은 나로서는 아주 난감한 상황의 연속이었다.

꼬박 새우다시피 한 그날 밤, 날이 밝기 시작했다. 나는 잠에 취해 있는 그녀를 겨우 깨워 옷을 입히고, 거의 업다시피 해서 데리고 나와 강원도로 향했다. 현장에 도착하자 그녀의 태도가 돌변했다. 나는 계속 그녀의 비위를 맞춰가며 시체가 어디에 있는지 잘 생각해보라고 했지만 '잘 기억나지 않는다', '머리가 너무 아프다'는 이야기만 반복했다. 다행히 도착한 현장은 남편의 외갓집이 있는 장소라서 남편에게는 익숙한 곳이고 예전에 함께 캠핑을 하기도 했다는 등의 정보를 추가로 얻어낼 수 있었다.

장소를 특정할 수는 없었지만 아무런 성과 없이 돌아갈 수는 없었다. 무엇이라도 해야 했고 철물점에서 낫과 제초기를 구입해서 그녀가 처음 지목한 장소의 잡초를 제거하기 시작했다. 이럴 때 프로파일러인 나로서는 무척 곤란한 상황도 발생한다. 확신하진 못해도 포기할 수 없는 장소라서 수색해야 한다고 말해놓고 이렇다 할 증거가 발견되지 않으면, 고생하는 수사요원들에게 미안한 생각이 들기도 한다.

한번은 양수기로 커다란 저수지의 물을 모조리 빼봐야 한다고 말했다가 물고기 말고는 아무것도 발견되지 않아서 고개를 들지 못했던 기억도 있다. 여름이라서 풀이 무성했고 그 상태에서 뭔가를 발견하기는 어렵다고 판단했기 때문에 어쩔 수 없는 선택이긴 했다. 날이 어두워질 때까지 계속 수색했지만 아무런 성과가 없었다. 일단 일부 수사요원들만 남겨놓고 철수하기로 결정했다. 나는 작은며느리와 함께 다시 경찰서로 향했고, 다음 날 다시 면담을 진행하기로 했다. 남은 직원들은 며칠 더 수색하기로 했다. 최선을 다할 수밖에 없었지만 나는 미안하기도 하고 어떻게 수사를 진행해야 할지 난감한 마음이었다.

수사 중에는 간혹 이렇게 어려운 결정을 해야 하는 순간이 닥친다. 이 사건의 경우엔 잡초를 제거하는 일이었지만 또 다른 사건에서는 시체가 있으리라고 추정된 지역을 포크레인을 이용해서 한참을 파헤쳤던 적도 있다. 수사본부가 차려진 사건 대부분에는 프로파일러가 배치돼 매일매일 이루어지는 수사회의에서 의견을 얘기해보라는 말을 종종 듣게 된다.

전국에 있는 프로파일러들은 면담과 분석을 거쳐 SCAS(Scientific Crime Analysis System)라는 시스템에 등록해놓은 데이터와 수집된 수사자료, 과학적 증거 등을 종합 분석하고 추가로 수사해야 할 부분도 정리한다. 간혹 수사 착안 사항이 실제 수사에 반영되면 혼자만의 책임은 아니라도 어떤 식으로든 책임져야 하는 순간들이 있다. 앞서 잠시 언급한 일처럼 저수지를 반드시 확인해야겠다고 생각하고 제시한 의견이 받아들여지고, 저수지의 물을 모두 제거했는

네 시체를 발견하지 못하는 엄청난 상황이 언출되기노 하니까. 시금 생각해도 얼굴이 화끈거리는 일이다. 현장에서 지켜보는 동안 얼마나 마음을 졸이고 감식이 끝나고 나서도 어디론가 숨고 싶었던지, 지금도 그 기억이 생생하다.

또 다시 강원도, 그리고 시체 발견

수십 명의 직원이 더위 속에 풀을 제거하는 작업을 반복하는 동안 나는 또 다시 면담을 진행했다. 그림까지 그렸던 곳을 어떻게든 제대로 이야기하도록 해야 했다. 사건에서 빠지고 싶은 작은며느리가 현장에서 시체를 유기한 장소를 단번에 고백하기엔 심적인 부담이 클 것이 분명했다. 나는 그런 그녀가 다시 용기를 내도록 독려하는 일이 내 역할이라고 생각했다.

다행히 그녀는 현장에 다시 가보고 싶다고 했다! 그래서 며칠 후 다시 강원도로 향했고, 도착하니 햇볕이 쨍쨍 내리쬐고 있었다. 그녀가 지목하는 새로운 지점을 찾기 위해 이곳저곳을 함께 헤맸다. 나는 늘 그녀와 함께였고 수십 명의 직원과 함께 그 근처를 뒤지던 중 멀리서 "여기요~" 하는 소리가 들렸다. 그리고 드디어 시체 한 구를 찾았다. 인적이 드문 곳이긴 했지만 평지에서 그다지 멀리 떨어지지 않은 수풀 속에서 어머니의 시체를 발견했다. 근처까지 갔지만 자신은 차 안에 있었다고 했기 때문에 정확한 위치를 바로 지적하지는 않고 수사팀에서 발견하기를 바랐던 것 같다.

그리고 그녀의 도움으로 나머지 시체 한 구도 찾을 수 있었다. 고맙기도 하고 끔찍하기도 한 순간이었다. 여름이었던데다 한 달 정도의 시간이 지났기 때문에 부패가 심했고 큰아들의 시체는 훼손된 상태였다. 공범이 아니고서는 도저히 알 수 없는, 서로 다른 장소에서 두 구의 시체가 발견됐다. 수면제에 취해 차에 가만히 앉아 있으면서 알 수 있는 장소가 아니었다. 수사에 협조했으니 자신은 사건에서 빠져나올 수 있으리라고 생각했을 작은며느리에겐 미안한 일이었지만, 이제 그녀의 신분을 피의자로 전환할 수밖에 없었다.

그녀가 나를 원망할 수도 있었다. 하지만 피해자들을 생각하면 실체적 진실을 밝히는 일은 너무나 당연했다. 도대체 무엇이 그녀를 그 지경에 이르게 했는지 인간적으로 생각하면 측은한 마음이 들지 않는 것도 아니었다. 그렇다 하더라도 잘못한 부분에 대해서는 벌을 받아야 마땅했다. 그리고 두 사람이 공모했다는 정황과 증거는 그동안의 수사를 통해 충분히 확보된 상태였다. 동시에 피의자로 입건하면 시체를 찾을 수 없다고 판단했기에 그렇게 하지 않은 것뿐이었다.

시체를 발견하기만 하면 모든 상황이 끝나리라고 생각한 그녀는, 자신이 예상한 것과는 상황이 뭔가 다르게 돌아가고 있음을 직감한 듯했다. 이제 다 끝난 거냐고, 자신은 어떻게 되는 거냐고, 진짜 아무것도 몰랐다고 몇 번이나 반복했다. 나는 아무 말도 할 수 없었다. 그리고 수사팀에서는 다음 날 아침 10시까지 경찰서에 나와달라고 요청했다. 그녀는 뭔가 이상하다고 느낀 것 같았지만 알겠다며 집으로 돌아갔다.

그리고 다음 날 아침, 나는 전화 한 통을 받았다. 그녀가 경찰서에 오지 않았고 집에선 인기척이 없다는… 약속한 시간이 지나도 나타나지 않아 그녀에게 전화를 걸었지만 받지 않았다. 집으로 찾아갔을 땐 이미 그녀가 극단적 선택을 하고 난 다음이었다.

작은아들의 자백

시체가 발견되자 작은아들은 어머니와 형을 살해하게 된 모든 과정을 진술했고, 아내와 공모한 사실까지 털어놓았다. 처음엔 절대 입을 열 것 같지 않았던 작은아들은 아내의 도움으로 시체를 발견했음을 알게 되자 조금씩 마음을 내려놓았다. 그리고 어머니의 집에서 가지고 온 앨범에서 어렸을 때의 가족사진 등을 보여주자 심리적으로 흔들리기 시작했던 것 같기도 하다. 죽음을 선택한 아내가 남편이 자백한 상황까지 모두 알지는 못했고 참고인에서 피의자로 수사팀에서 신분을 전환하려는 의도를 명확히 알았던 것도 아니었지만, 자신도 더 이상 사건에서 빠져나갈 수 없다고 느낀 듯하다.

수사 초기부터 시체를 찾기까지 그녀와 가장 친밀한 관계를 유지하고 있던 나는 그녀가 사망하자 감찰 조사를 받게 되었다. 사건을 해결하기는 했지만 혹시 수사 과정에서 미흡한 부분이 있었는지 등에 대해서 추궁당했다. 유치장이나 진술녹화실에서 만나곤 했던 범죄자들의 심정을 아주 조금은 이해할 수도 있을 것 같은 분위기를 경험했다.

그녀가 극단적 선택을 했다는 사실은 나에게도 적지 않은 충격을 주었다. 인간적으로는 프로파일러가 되고 싶다며 친근감을 표시하던 그녀였고, 사건으로 보자면 법정에 서서 자신의 잘못을 인정하도록 만들어야 할 일이었다. 신분이 전환되고 나면 나누어야 할 이야기도 많이 남아 있는 상태였다. 그녀가 태어나서 사건이 일어나기까지의 모든 과정, 남편을 이용해 시어머니의 재산을 탐내게 된 이유와 언제부터 범죄를 저지를 생각을 했는지, 그리고 나와 함께 있으면서 어떤 생각이 들었는지 등 묻고 싶은 것도, 들어야 할 이야기도 많았다. 피해자들의 시체를 수습할 수 있어 너무나 다행이었지만 지금 생각해도 아쉬움이 많이 남는 사건이나.

많은 사건을 다루다 보니 너무 오랫동안 관련된 기억을 간직하지 않으려고 노력하는 편이지만 이 사건은 지금도 가끔 떠오를 때가 있다.

사건 #2
한숨이 절로 나왔던
아동학대사건

아동학대사건에선 현장을 있는 그대로 확인하기가 쉽지 않다. 누적된 폭력이나 학대로 사망에 이르기 때문에 현장에서 보는 것만으로 사건을 판단할 수도 없다. 그리고 때로는 현장을 말끔히 정리한 뒤 병원으로 이동하거나 신고하는 경우도 많아 사건의 실체적 진실을 밝히기가 어렵다.

이 사건을 이야기하려니 한숨부터 나온다. 드라마나 영화에서도 보기 힘든, 도대체 어떻게 이런 일이 일어날 수 있을까 싶은 그런 일을 종종 만난다. 특히 피해자가 어린아이들인 경우가 그렇다. 피해자는 만 3세, 이제 말도 제법 하고 예쁜 짓도 많이 하는 나이다. 한창 사랑을 받아야 하는, 아무런 잘못도 없는 아이다.

주말 동안 아동학대치사사건이 일어났다는 소식을 언론에서 접하고 아침에 출근하자마자 해당 수사팀에 전화를 걸었다. 발생사건은 대부분 해당팀에서 먼저 분석을 요청하지만, 피의자가 자수했거나 현장에서 검거된 사건은 검거보고를 본 후 면담이 필요하거나 중요 사건이라고 판단되면 담당팀에 문의하기도 한다. 이 사건은 자수하게 된 경위가 좀 수상하고 아동 관련 사건이기 때문에, 송치 전에 피의자를 만날 필요가 있다고 생각해 담당자에게 전화를 걸었다. 전화를 받은 담당자는 안 그래도 전화가 올 것 같았다며 면담이 필요할 듯하다고 했다.

주(主) 피의자가 엄마인데 엄마와 아이가 성이 같은 것으로 보아 아빠 없이 혼자서 아이를 낳아 키운 것으로 보였다. 엄마 아빠 둘이서 낳고 키워도 힘든데 말 못 할 사정이 있을 수도 있겠다 싶었다. 하지만 그렇다고 해서 아이의 죽음을 정당화할 수는 없는 일이기에 철저하게 준비한 다음 면담해야겠다고 생각했다.

일단 피의자 두 명이 구속되어 있다는 사실을 확인하고 일정을 조율한 후, 1차로 수집된 수사기록을 받았다. 아이의 사망과 관련해 두 사람의 진술이 엇갈리는 상황이기 때문에 누구의 말이 맞는지 정확히 판단해야 했다. 그래야 제대로 꽃을 피워보지도 못하고 억울하게 죽어간 아이의 원한을 풀어줄 수 있을 것 같았다. 폭행이 여러 장소에서 장기간 이루어졌을 뿐만 아니라 현장은 이미 정리된 상태였다. 그래서 처음 현장에 출동했을 때 찍은 사진과 아이의 상태를 담은 사진만으로 상황을 분석해야 했다.

성인이 피해를 당한 사건도 끔찍하고 안타깝기는 마찬가지지만 아이들이 개입된 사건은 늘 더 힘들게 느껴진다. 그런데 이 사건도 사진을 보니 아이의 상태가 너무나 심각했다. 머리부터 발끝까지 어느 한 군데도 성한 곳 없이 죄다 멍투성이였고, 얼굴에도 빈틈을 찾기 힘들 정도로 상처가 많았다. 머리를 맞았는지 눈을 직접 맞았는지 눈두덩이가 시꺼멓게 멍들었고, 특히 입술은 윗입술과 아랫입술 모두 괴사한 상태였다.

검시조사관(과학수사계에서 변사사건 등 피해자의 상태를 조사하기 위해 간호사, 임상병리사 등의 자격을 갖춘 이들을 일반직 공무원으로 특별채용함)의 조언을 구했다. 사망한 지 얼마 지나지 않은 아이의 입술 부위가 괴사한 것이 너무 이상했기 때문이다. 검시조사관은 폭행 등으로 인해 반복적으로 상처를 입고 나서 약을 바른다거나 항생제를 투약해서 적극적으로 치료하지 않은 채 방치해서 그렇게 된 것 같다는 의견을 제시했다.

면담을 통해 나중에 확인한 내용이지만 피의자는 아이가 밥을 안 먹어서 밥을 억지로 밀어 넣고 입 주위를 집중적으로 때려 상처가 났다고 했다. 또 약을 발라주려고 하니까 아이가 아프다며 피해서 그냥 놓아두었고, 병원에 가면 설명하기 곤란할 것 같아 그대로 내버려두었냐고 고백했나.

무려 성인 네 명이 개입하다

다른 사람도 아닌 엄마가 피의자 중 한 명이라는 사실이 정말 믿기지 않았다. 범행을 혼자서 저지른 건 아니고 무려 네 명의 성인이 개입되어 있기는 했다. 일단 주 피의자인 아이 엄마를 먼저 만났다. 아이 엄마의 이야기는 이렇다.

"예전에 같은 동네에 살다가 고등학교를 졸업하고 나서 연락이 끊겼던 동생이 있었어요. 그런데 우연히 연락이 닿아 알고 지내다가 최근 한 달 정도 같이 생활하게 되었죠. 2015년에 이 동생이 장염으로 입원했을 때, 가족과 연락이 되지 않는다며 저한테 친언니 역할을 대신 해달라고 하더라고요. 그래서 병원에 갔어요. 퇴원할 때가 되었는데 그즈음 동생은 갈 곳이 없어 걱정이라고 하더군요. 그 얘기를 듣곤 같은 병실에 있던 어떤 아주머니가 자신이 사회복지학을 공부했다며 집에 비어 있는 방이 있으니 와서 같이 살아도 좋다고 말씀하시더라고요. 저는 그 애의 언니라고 소개했기 때문에 아주머니 집으로 같이 갈 수밖에 없었어요."

아무리 그래도 그렇지 가족이 있는 집을 버리고 어떻게 그렇게

할 수 있었느냐고 내가 물었다. 그랬더니 그녀는,

"초등학교 들어가기 전부터 여덟 살이나 차이 나는 오빠한테 많이 맞았어요. 코피가 난 적도 많아서 오빠가 올 시간이면 자는 척하거나 오빠가 잠들고 나면 집에 들어가는 일이 많았거든요. 어차피 집에 들어가기 싫었던 참에 가출하게 되었죠. 오빠가 집에 있으면 늘 물을 떠다 주는 일부터 밥을 챙기는 일까지 온갖 심부름을 해야 했고, 오빠가 기분이 나쁘면 때리기도 해서 집에 있는 동안 행복했던 기억이 별로 없네요."라고 말했다.

가족들한테 도움을 청해보기도 했으나 부모님이 말리면 오빠가 부모님에게도 폭력을 행사했기 때문에 아무런 소용이 없었다는 것이다. 그래서 아주머니 집에서 생활하기 시작했고 아주머니의 아들과도 자연스럽게 친해졌다. 그러던 어느 날 동생이 아주머니의 아들과 교제한다는 사실을 알게 되었다.

아이 아빠의 실체와 임신

"아주머니한테 아들이 한 명 있었는데 동생과 비슷한 또래였어요. 그래서 둘이 사귀게 되었는데 그 남자애가 성관계를 요구하기도 하고 그랬더라고요. 저는 전혀 몰랐어요. 일이 이렇게 되고 나서는 저도 그 애랑 너 진하게 지내게 되었어요. 그러나가 동생이 병원에 다시 입원하는 일이 생겨서 단둘이 집에 있게 되는 시간이 많아졌어요. 어느 날엔 함께 옥상에서 담배를 피우고 내려오다가 성폭행을 당했어요, 히히… 내려오는 계단에서 오빠가 저한테 갑자기 키스를 하더라고요, 그때는 성폭행인지 뭔지도 잘 모른 상태에서 꽤 여러 번 관계를 가지게 됐어요."

내가 '성폭행'인지 '성관계'였는지를 묻자 아무 말도 하지 않고 그녀는 한참을 앉아 있었다.

"몇 년이 지난 일이라서 그런지 저도 잘 모르겠어요, 헤헤…"

피의자는 고등학교 3학년 때 지적장애 3급 진단을 받아 장애수당을 받고 있는 상태였다. 곤란한 질문을 받거나 잘 모르는 일이 발생했을 때 그냥 웃어버리는 태도는 내가 지금까지 만난 지적장애를 가진 피의자들의 특성이기도 했다.

오빠가 성관계를 시도했다면 당연히 성폭행이라고 인지해야 하는데 그런 것에 대해 별생각이 없어 보였다. 물론 지적장애 3급 정도면 일상생활에는 큰 지장이 없다. 겉으로 보기에 뭔가 문제가 있어 보이는 사람이 별로 없을 수도 있다. 그런데 갈등이나 문제 상황에 부딪히게 되면 상황은 달라진다. 특히 범죄 상황은 더욱 그렇다.

"동생한테도 말하지 못하고 지내고 있었는데 그 사이에 성폭행은 몇 번 더 당했어요. 그런데 동생이 눈치를 챘는지 왜 몇 달째 생리를 안 하는지 묻더라고요. 그러면서 혹시 임신한 거 아니냐고, 오빠랑 잤냐고 하는 거예요. 저는 계속 아니라고 했고, 동생은 나중에 알게 되면 죽이겠다고 협박까지 했어요. 그로부터 한 달이 지나서 임신테스트기를 사다가 검사해봤는데 아주 희미하게 두 줄이 뜨는 거예요! 확실하지 않다고 생각하고 두 번 더 해봤는데도 계속 그랬고, 동생이 동네 보건소에 가보자고 해서 검사를 받았더니 임신이라고 하더군요.

그러는 동안 벌써 임신 5개월이 됐더라고요. 보건소에서는 손발이 모두 생긴 상태라 아이를 지울 수 없다고 했어요. 그제야 오빠네 가족과 아주머니한테도 이 사실을 알렸지만 오빠는 그 아이가 내 아이라는 보장이 있느냐며 믿을 수 없다, 유전자 검사를 해보자고 박박 우겼어요.

아주머니 눈치가 보여서 더 이상 그 집에서 살 수는 없었어요. 아주머니는 고마운 분이라고 생각했는데 아들이 이 일에 끼니까 '얘가 아니라고 하는데 무슨 소리냐'며 '낳든지 말든지 맘대로 하라'고 했어요. 심지어 '애를 낳으면 보육원에 갖다 주라'는 말까지 서슴지 않았고요. 그러고 나서는 전부 연락이 두절됐어요. 그래서 아이 아빠가 누구이고 어디에 사는지는 알지만, 카카오톡과 페이스북 같은 것들을 모두 차단해놔서 연락할 순 없는 상태예요."

그녀의 증언은 이어졌다.

"차마 친정 부모님께는 말하지 못하고 유일하게 이 사실을 고백한 언니는 '네 인생이니 네가 알아서 하는 거지만 지금으로선 미혼모 시설에 가는 것이 최선일 것 같다'며 몇 군데를 알아봐줬어요. 이유는 잘 모르겠지만 같이 살던 동생은 시설에 들어가는 걸 계속 반대했고요. 배는 불러오고 어찌해야 할지 몰라 우왕좌왕하다가 결국 살던 곳과 멀리 떨어진 시설로 가게 됐어요. 집과 가까운 시설에 가고 싶은 마음은 굴뚝 같았지만 아는 사람을 만날 수도 있고, 동생이 자꾸 찾아오면 생활하기 힘들어질까 봐 일부러 머나먼 곳으로 떠난 거죠.

아이를 낳고서는 선생님들의 추천으로 '미레나'라는 피임 시술도 했고, 그렇게 1년 정도 그 시설에서 살았어요. 하지만 너무 외롭고 산후우울증도 생겨서 원래 살던 곳과 가까운 시설로 옮겨 갔고요. 그리고 2019년 말까지는 거기서 생활하다가 2020년 2~3월경 그동안 모아놓은 돈으로 원룸텔을 얻어 아이와 둘이서 살기 시작했는데, 그러다 보니 동생과도 자연스럽게 다시 연락이 닿았어요."

사건과 직접적 관련이 없을 듯한 이런 일대기적 이야기를 프로파일러들이 청취하는 이유는, 피의자 대부분이 누군가가 자신의 이야기를 집중해서 들어주는 경험을 가지지 못했기 때문이다. 잘 들어주다 보면 혹시라도 처벌받을까 봐 숨기려고 했던 이야기들까지 털어놓는 경우가 많다.

강력사건 피의자를 특정하고 잘못한 만큼 벌을 받게 하는 것도 그렇지만 어떤 이유로 범행을 저지르게 됐는지를 분석하는 일도 중요하다. 이후 유사한 사건이 발생했을 때 유용한 자료를 수집하는 데에도, 범죄 예방을 위해 사회가 해야 할 역할을 고려해 치안 대책을 마련하기 위해서도 필요한 일이다. 그러니 피의자가 하는 말 가운데 중요하지 않은 것은 없다.

옮긴 시설에서 알게 된 친구로부터 피의자는 남자를 한 명 소개받는다.

"처음엔 저보다 아홉 살이나 위라서 별로였어요. 그런데 아이를 너무 예뻐해서 그런 사람 만나기도 힘들 것 같다는 생각이 들어 계속 사귀게 되었죠."

그리고 얼마 지나지 않아 이 둘은 동거를 시작한다. 이 무렵 동거하는 오빠의 친구가 가끔 집에 놀러오기도 하면서 자연스럽게 동생, 동거하는 오빠, 오빠의 친구와 자신까지 네 사람 모두가 친하게 지내게 되었다고 그녀는 말했다.

그런데 정말 기가 막힌 것은 지금부터다. '아이 엄마-지적장애 3급', '오빠의 친구-지적장애 3급', '동거하는 오빠-지적장애 의심', '동생-정신과 치료 중'. 어찌 이런 조합이 가능한지 모르겠다.

물론 여기서 지적장애가 문제라고 말하는 게 아니다. 3급 정도면 일상생활이 얼마든지 가능하고, 좋은 사람들과 함께 생활하면서 규칙을 잘 배우면 큰 문제 없이 살 수 있다는 점은 많은 사람이 알고 있다. 지적장애를 부각하려는 게 아니다. 이들 네 명이 친하게 지낸 것도 문제라고 할 수 없다. 서로에게 좋은 영향을 끼치지 못하고 문제를 만든 것이 문제라면 문제다.

"넷이서 만나고 있었는데 어느 날 동생이 임신을 했어요. 그런데 남자친구가 너무 스트레스를 주고 때린다며 동생이 자기 집에 와서 좀 혼내주면 좋겠다고 얘기하더군요. 동거하던 남자친구가 싸우고서 집을 나간 상태인데 자기 집으로 부를 테니 모두 와달라고요. 그래서 동생 집에 가서 술을 마신 다음 그 애를 혼냈죠. 그랬더니 걔가 동생이랑 저를 포함해서 네 명 모두 고소했다는 거예요.

동생만 조사를 받고 나머지 세 명은 받지 않았어요. 그런데 동생이 말하기를 모두 고소됐고 남자친구가 자기는 용서해주겠다고 했는데 세 명 문제는 해결을 못했으니, 일단 합의금으로 한 사람당

35만 원씩 보내주고 사건이 해결될 때까지 자기 집에서 같이 살아 달라고 하는 거예요. 그래서 아이가 죽은 날까지 거의 20일 정도 임신한 동생을 위해 집안일을 셋이서 나눠 맡으며 동생네 집에서 생활했죠."

이 복잡한 이야기를 읽으면서 염전 노예 사건(2014년 전남 신안군의 한 염전에서 임금 체납과 감금으로 혹사당하던 장애인 2명이 경찰에 구출된 사건)이 떠오르지 않는가? 합의금을 내거나 상대방을 자극하면 더 심한 처벌을 받게 될 수도 있다는 단순한 생각으로 비위를 맞춰가며 생활하느라 이들의 모든 스트레스를 아이가 감당하게 된 것은 아닌지 모르겠다.

모든 일은 함께 생활하면서 벌어지기 시작했다. 원치 않는 단체 생활을 하면서 서로가 서로에게 책임을 전가하고 화가 날 때마다 아이를 폭행했기 때문이다. 원래는 아이를 24시간 어린이집에 맡겨 기르고 금요일 저녁부터 주말까지 데리고 있다가 월요일 아침에 다시 데려다주곤 했다. 그런데 동생 집에 있는 동안은 외출 자체가 자유롭지 못해 아이도 어린이집에 보낼 수 없게 되었고, 하루 종일 데리고 있으면서 폭행은 더 상습적이고 심해진 것이다.

"동생은 남자친구의 폭행사건을 맡은 형사가 찾으면 언제든 가야 하니 외출하더라도 30분 안으로 돌아올 수 있는 곳에만 가라고 했고, 그래서 어린이집에 데려다주고 데려오고 하는 일도 불가능했

이요. 지와 동생이 기초생활수급자로 지원금을 받고 있었기 때문에 생활비는 그 돈으로 충당하면 됐고, 동생 집에서 반찬도 보내주고 용돈도 줘서 생활하는 데는 큰 문제가 없었죠." 피해자의 친모인 피의자의 말이었다.

네 명 모두 일은 하지 않고 집에서 먼 곳으로는 나갈 수도 없었으니 스트레스는 가중되었을 것으로 보였다. 동생의 말이 사실이 아닐 수도 있다고 생각했지만 오빠들도 구치소에 가기 싫다고 하고, 특히 아이 엄마와 동거 중인 오빠라는 사람은 보호관찰 중이었다. 이 상황에서 다른 범죄를 저지르면 가중처벌될 것 같아 겁이 났고, 결국 그녀는 동생의 말대로 할 수밖에 없었을 것이다. 아이 엄마는 "동생이 임신 중이라서 평소보다 굉장히 예민해지고 화가 나면 너무 무서워서 아무도 함부로 말할 수 없었어요"라는 말도 덧붙였다.

멀쩡한 아이를 죽게 하다니…

아이는 주로 밥 먹을 때 폭행을 당했다. 밥을 씹지 않고 삼킨다거나 잘 먹지 않으려고 하면 억지로 먹이려고 하는 과정에서였다. 주먹으로 입과 얼굴을 주로 때리고, 발로 차거나 가슴을 주먹으로 치고, 때로는 쓰러진 아이를 발로 짓이기기도 했다며 아이 엄마는 폭행 사실을 시인했다.

"스테인리스 행거 봉으로 얼굴이랑 팔, 허벅지 같은 데를 때렸고요, 엎드려뻗쳐를 시키거나 손을 들고 벌서게 할 때는 수없이 많았어요. 심하다고 생각될 때는 말리려고도 했지만 그러면 더 지독하게 때리니까 나중엔 그럴 생각도 안 했고요. 지금 생각해보니 그렇게 생활해야 하는 게 너무 싫어서 심하게 스트레스를 받았고, 저도 모르게 그 스트레스를 아이한테 풀었던 것 같아요." 그녀는 이렇게 말하면서 눈물을 보였다.

자신도 임신한 상태였음에도 불구하고 동생이 왜 그렇게 아이를 미워한 것 같은지 물었더니,

"사귀던 오빠와의 사이에서 태어난 아이라 평소에도 아이를 미워했어요. 저도 아이가 점점 아빠를 닮아가서 미워하게 됐고요"라고 답했다.

참 기가 막힌 일이다. 흔히 결혼 생활 중 부부 사이가 나쁠 때 남편 닮은 아이의 뒤통수만 봐도 괜히 싫어진다는 말을 들어본 적은 있지만, 어리디어린 아이가 무슨 죄가 있다고 그 지경으로 만들고 끝내 사망에까지 이르게 했는지 이해하기 어려웠다.

네 사람은 경쟁이라도 하듯 아이를 구타했고 만신창이가 되어버린 아이는 그렇게 죽어갔다. 어느 날 자꾸 잠이 오는 것처럼 아이가

줄고 있어 욕실에 안고 가서 찬물을 끼얹었다. 그런데 그새 남아 있던 숨마저 멈춰버린 것 같다며 정말 죽을 줄은 몰랐다고, 사랑하지 않은 건 아니라고 그녀는 말했다.

"네 명 모두 아이가 죽은 걸 확인했고, 병원으로 가야 할지 119에 전화를 해야 할지 망설이다가 아이 엄마인 제가 책임지기로 결정했어요. 그러려면 동생의 집이 아닌 저희 집에서 사망한 것으로 해야 했죠. 그래서 다 같이 택시를 타고 가다가 세 명은 지하철역 근처에 내리고 저는 아이와 함께 집에 왔다. 그렇게 집을 정리해놓고 홍대에서 놀다 오는 길에 제 연락을 받은 것으로 신고를 하기로 했어요. 결국 동생이 전화를 하게 되었고요."

프로파일러가 필요한 이유

이해가 안 되는 부분투성이겠지만 이제 동생인 A양의 이야기도 들어봐야 한다. 여기까지의 이야기가 정말 지루하고 읽는 사람의 가슴까지 답답하게 만들고 있으리라 생각한다. 그런데 한 달이면 두세 건씩 신고가 들어오는 아동학대와 아동학대치사 사건의 실태를 정확히 전달하고 싶었다. 프로파일러가 어떤 일을 하는지도 중요하지만, 왜 이런 일에 프로파일러가 동원되는지 제대로 이해해

주었으면 하는 마음에서다.

　서로의 복잡한 이해관계 속에서 어린 나이에 책임질 수 있을지 깊이 생각하지도 않은 채 임신하는 경우가 종종 있다. 그러면 경제적인 이유 등으로 제대로 대처하지도 못하고 아이를 출산한 후 서로에게 책임을 미루게 된다. 그리고 결국 보육원을 통해 해외에 입양되거나 아이를 학대해 사망에 이르게 하는 일이 생각보다 너무 많다. 심지어 사망에 대한 책임을 서로 떠넘기기 일쑤다. 이 사건에서 오빠라는 사람이 그랬던 것처럼, 자신은 책임이 없는 것으로 입을 맞춰 사건에서 빠져나가고 처벌도 받지 않는 것이다.

　잘못이 없는 사람을 벌주지 않기 위해서는 무죄추정의 원칙(유죄 판결이 확정될 때까지는 형사 피고인을 무죄로 본다는 원칙)이 지켜져야 한다. 살인 등의 범죄행위를 저지르지 않았음에도 수십 년간 옥살이를 하다가 재심을 신청하는 경우를 보며, 경찰직에 종사하는 사람으로서 반성하고 제대로 수사해야겠다는 각오를 다지기도 한다. 그러나 잘못한 사람을 제대로 벌주는 것 또한 법을 다루는 사람들이 할 일이다. 같은 피해자가 생기지 않게 하기 위해서라도 사건의 실체적 진실을 제대로 밝히고, 잘못한 사람을 반드시 법정에 세워 처벌받을 수 있도록 하는 것도 프로파일러가 해야 할 일이라고 생각한다.

동생 A양은 자신이 아이의 죽음에 책임을 지고 벌을 받아야 한다고 생각했다. 유치장에 있으면서 무기징역을 선고받을 수도 있다는 이야기를 들었다면서, 자신도 불우한 어린 시절을 보냈기 때문에 잘해주고 싶은 맘도 많았는데 이렇게 됐다면서 말이다. 그러면서 동정심을 불러일으키려는 듯 자신의 과거를 들려주기 시작했다.

"저도 태어나자마자 고아원에 버려졌고 두 살이 조금 넘어서 할머니가 찾으러 올 때까지 고아인 줄 알았어요. 다행히 할머니가 저를 불쌍하게 생각해서 데려다가 키워주셨고 아버지와 엄마는 제가 뱃속에 있을 때 이혼했기 때문에 한 번도 본 적이 없어요. 엄마는 할머니랑 같이 살면서 1년에 한두 번 얼굴을 볼 수 있었지만 살갑게 대해주진 않았어요. 저를 데려오긴 했어도 아버지를 닮았다는 이유로 화가 나면 나가 죽으라는 얘기를 서슴없이 했거든요.

그래서인지 초등학교 고학년 때부터는 자살 충동이 생겨서 연필 깎는 칼로 손목을 자주 그었어요. 담임 선생님이 정신과 치료를 받길 권했지만 할머니도 엄마도 귀담아들어주지 않았죠. (살펴보니 정말 손목에는 칼로 그어서 생긴 흉터가 네다섯 개는 됐다.) 그러다가 나쁜 아이들과 어울려 가출도 하고, 중학교 3학년 때는 친구가 데려온 잘 모르는 오빠한테 성폭행도 서너 차례 당했어요. 그렇게 말썽을 부려서인지 재혼한 엄마네 집으로 보내져서 고등학교 2학년 무렵까지 그곳에서 학교를 다녔죠. 다행히 아저씨와 엄마가 주말부부여서 아저씨의 눈치를 많이 보지는 않았지만, 배다른 동생 둘이 있어서 같이 살기도 쉽지 않았어요.

엄마는 제가 조그만 실수나 말썽을 부리기라도 하면 욕을 해댔어요. 엄마가 잠시 자리를 비우면 심지어 동생들도 그 욕을 그대로 따라 하면서 저를 못살게 굴고 몰래몰래 때리기도 했어요. 그런 상황에서 고등학교 2학년 무렵에 노는 아이들 무리에서 한 살 위인 언니(아이 엄마인 피의자)를 만나 지금까지 인연이 이어지고 있는 거예요. 제가 집에서 나와 살다가 병에 걸려 병원에 입원하면서 아주머니 집에 가게 됐고, 거기서 언니가 임신했으니까 그때부터 저한테 책임이 있다고 생각해요. 무리해서라도 낙태를 해야 했는데 언니가 아이의 심장 소리를 듣더니 그럴 수 없다고 우겨서 이런 일이 벌어진 것 같기도 하고요."

그런데 그녀는 아이의 친모인 주 피의자의 진술과 다른 말을 꺼냈다.

"아이가 언니 뱃속에 있을 때는 사실 언니도 밉고 아이도 미웠어요. 언니가 저랑 사귀던 남자랑 성관계를 했다는 게 싫었고 사랑하지도 않는 남자의 아이를 임신했으니까 아이도 미웠죠. 언니가 혼자서 아이 낳아 키우는 게 싫어서 미혼모 시설에 가지 말라고 했고요.

한동인 연락이 없었는데 아이가 백일 징도 돼서아 인니한테 연락이 왔어요. 그때부터 명절 같은 날 언니가 보러 오면 만나고 지금까지 왕래하며 살고 있죠. 언니랑 아이를 처음 만나던 날 언니가 엄청 훌륭해 보였고, 혼자서도 아이를 잘 키워낸 언니가 대단해 보이더군요. 그 이후로는 아이 옷이며 신발이며 장난감 따위를 사주며 예뻐했어요."

동생의 말은 이어졌다.

"저도 당시에 임신 3개월이라서 아이를 심하게 때리지는 않았어요. 둘이 싸우고서 힘들다는 얘기를 한 적은 있지만 남자친구를 때리라고까지 부탁한 적도 없었고요. 저는 언니가 그토록 예뻐하던 아이를 때려서 그 지경으로 만든 게 도저히 이해가 안 돼요."

이런 상반된 진술을 늘어놓으며 자신이 언니한테 죄를 모두 뒤집어씌우려 한다고 생각해서 믿어주지 않을 것 같지만, 사실대로 말하고 싶다며 새로운 이야기를 꺼내놓았다.

기생하던 동거남

이번엔 아이 엄마인 언니와 동거하던 오빠에 관한 얘기다.

"언니보다 아홉 살이나 많은 그 오빠는 살면서 한 번도 돈을 번

적이 없고, 언니 앞으로 나오는 수급비로 매달 생활하고 있었어요. 언니는 아이가 입을 옷이나 먹을거리는 잘 안 사고 오빠가 필요한 것들을 사주는 데 돈을 다 써버렸죠. 가계지원비, 장애수당, 보육수당 등을 합쳐서 113만 원 정도를 받는 걸로 아는데 어떤 때는 하루 이틀 만에 모두 써버리고, 아이에게 먹일 게 없다며 돈 좀 빌려달라는 전화가 온 적도 있었어요.

저도 성격이 좋은 편은 아니지만 그 오빠는 저보다 더 폭력적이고 평소에도 아이를 자주 때렸어요. 아이가 죽었을 때 결정적인 역할을 한 사람은 언니지만 그날 언니가 심하게 때리기 전에 오빠도 행거 봉으로 아이를 때렸고, 언니가 나갔다 오면 아이가 이렇게 저렇게 잘못하고 말을 듣지 않는다고 일러바치면서 언니가 매를 들게 했어요.

언니가 시설에서 아이를 키울 때도 때린 적이 있다는 이야기를 같은 시설에서 살았던 언니 친구한테 들은 적은 있지만 그건 양육법을 잘 몰라서 그런 것 같고요, 최근처럼 아이를 심하게 때린 적은 없었는데 오빠를 만나면서 더 이상해졌어요. 또 오빠는 일은 하지 않으면서 자기가 5억이 있느니 7억이 있느니 하며 허세를 부리곤 했죠. 직접 보지는 못했지만 아마 언니도 그 오빠한테 맞은 적이 있을 거예요.

아이가 사망한 것을 확인하고 모두 당황해서 어찌해야 할지 모를 때, '신고힐 거면 임신한 내가 모두 저지른 일로 하자'고 오빠가 말했어요. 임신한 상태이니 선처해주지 않겠냐며… 그러지 않으려면 시체를 야산에 가져다가 묻어버리자고도 했죠. 그렇게 한참을 이야기한 끝에, 자신이 신고한 내용처럼 하되 언니가 모든 일을 책임지기로 했어요.

언니가 오빠를 감싸는 건 아이가 죽은 날, 오빠가 엉엉 울면서 언니한테 부탁하던 게 생각나서인 것 같아요. 나중에 보복할까 봐 두려워서였을 수도 있고요. 언니가 사실대로 말하지 않으면 저만 거짓말쟁이가 될 것 같아서 사실대로 말해야 할지, 아니면 모두 인정해야 할지 지금도 헷갈리네요."

내가 조사 과정에서 왜 제대로 말하지 않았느냐고 묻자 그녀는 "나머지 세 사람이 모두 내가 제일 나쁘다고 하는데 어떻게 해요…"라며 오히려 눈물을 글썽였다.

이 눈물의 의미가 무엇인지 머리가 복잡해졌다. 벌을 받되 잘못한 만큼 받고 싶고 오빠도 정말 위험한 사람이니 벌을 받았으면 좋겠다고, 자신보다 더 심하면 심했지 덜하진 않았는데 왜 계속 거짓말을 하는지 모르겠다고 하니 말이다. 아이 엄마의 이야기만 들었을 땐 동생이 제일 나쁜 사람인 것 같았다. 마치 지적장애가 있는 아이 엄마를 이용해서 범죄를 저지른 것처럼 보였기 때문이다.

주 피의자를 다시 만나다

이대로는 도저히 어떤 결론도 내릴 수 없었고 아이 엄마와 동생만 구속된 상태였다. 그렇다고 해서 구속되지도 않은 언니의 동거남인 오빠를 만나볼 수 있는 상황도 아니었기 때문에 아이 엄마와 다시 대화해봐야겠다고 생각하고 다음 날 그녀를 만났다.

같은 피의자를 두 번이나 만나는 일은 흔지 않다. 자백을 받아내기 위해서나 용의자를 검거해 수사 중일 때는 여러 번에 걸쳐 만나기도 하지만, 피의자가 이미 검거된 사건의 피의자를 두 번 이상 만나는 일은 이례적이라고 할 수 있다. 보통 피의자가 검거되면 담당 수사팀에서 의혹이 남지 않을 정도로 피의자 신문 조서를 모두 받은 후 만날 기회가 주어진다. 또 검찰에 송치할 때까지 일정이 빠듯하기 때문에 그럴 여유가 없는 경우도 많다. 그런데 정확히 판단하지 않고 프로파일링 보고서(피의자 면담 또는 발생사건 분석 시 작성하는 종합 보고서)를 쓸 수는 없는 일이라서 또 한 번 만나기로 결심한 것이다.

피의자는 긴 머리를 바짝 묶은 채 순진한 얼굴로 내 앞에 와서 앉았다. 어디서 말을 꺼내야 할지 잠시 고민하며 점심은 먹었는지 물었다. 생각보다는 많이 야위지 않은 얼굴이었다. 밥도 잘 먹고 잠도 잘 잔다고 대답하는 입이 예뻐 보이지가 않았다. 딸이 죽었는데 어떻게 그렇게 그럴 수 있냐고 쉬어박는 소리라도 하고 싶었지만 꾹꾹 참았다. 혹시 지난번 만났을 때 숨기거나 거짓말한 부분이 있는지 물어보러 왔다고 나는 설명했다. 그런데 그녀는 "없어요."라고 단호하게 말하는 것이었다. 그래서 나는 간곡히 부탁했다.

"어제 동생인 A양을 만났는데 아무래도 석연치 않은 부분이 있는 것 같아요. 딸의 죽음이 안타깝다면 죽어서라도 엄마를 원망하지 않도록 해야 하지 않겠어요? 책임져야 하는 사람에 대해 모두 사실대로 말하고 잘못한 만큼 벌을 받도록 도와주세요."

그제야 그녀는 혹시 오빠를 이야기하느냐며 안 그래도 전날에 내가 말한 이유 때문에 추가 조사를 받았는데 그때 진술한 것과 크게 다르지는 않다고 했다.

아이 엄마도, 동거남도 모두 추가 조사를 받았지만 이전과 크게 다르지 않은 내용으로 진술했음은 내가 이미 알고 간 상태였다. 그런데 실제로는 그렇지 않을 것 같다는 생각이 계속 들었다. 면담하러 가기 전에도 매일 아침 출근하면 현장에서 찍어온 아이의 사진을 몇 번이고 살펴보았다. 그럴 때마다 이 사건의 실체적 진실을 제대로! 꼭! 밝혀주겠다고 죽은 아이에게 나도 모르게 이야기하고 있었다. 엄마 뱃속에 있을 때부터 사랑받지 못한 아이를 죽은 후에도 억울하게 만들 수는 없었다. 한참을 생각하던 그녀가 입을 열었다.

"저기⋯ 오빠도 저나 동생만큼은 아니어도 아이를 많이 때렸어요. 남자라서 그런지 등짝을 때릴 때도 매번 아이가 쓰러질 정도라서 제가 잡아서 일으키곤 했어요. 그리고 어떤 때는 자기가 남자니까 더 아프게 때릴 수 있다며 주방에 있는 젖병 닦는 솔 같은 것을 가져와서 때리기도 했어요. 매일매일은 아니구, 3일 정도 때리면 하루 이틀은 좀 쉬고 또 때리고 그런 것 같아요. 입이 아파서 못 먹은 듯도 하지만 애가 밥을 잘 안 먹어서 제가 밥 먹을 때마다 때렸고요, 오빠도 억지로 턱을 움직이게 하면서 씹으라고 하고 때리기도 했어요. 생각해보니까 아이를 산에 가서 묻자고 한 사람도 오빠인 것 같아요."

아이 엄마는 들을수록 기가 막힌 말들을 아무렇지도 않게 했다. 나는 그녀가 오빠는 아이를 안 때렸다고, 콕콕 쥐어박은 적은 있어도 때린 적은 없다면서 왜 계속 감싸줬느냐고 물었다. 그러자 그녀는 대답했다.

"오빠가 예전에 구치소에 한 달 정도 갔다 온 적이 있었는데 나 때문에 또 구치소에 가면 안 될 것 같아서 그랬어요. 형을 얼마나 받게 될지는 모르겠지만 석방되고 나서도 오빠랑 다시 만나고 싶거든요."

나는 순간 너무 화가 나서 하지 말았어야 할 말을 해버렸다.

"이 상황에서도 어떻게 그런 말을 할 수 있죠? 영혼이 있다면 아이가 지금 엄마가 하는 소리를 듣고 있을 텐데 어떻게 그런 소리를 한 수 있냐고요!"

추가 조사를 받으면 사실대로 이야기하겠다고 그녀에게 몇 번이
나 다짐을 받고 면담을 마쳤다. 프로파일링 보고서에 피의자가 진
술한 내용을 담긴 하겠지만 조서에도 기록해야 하기에 그렇게 한
것이다.

프로파일러로서의 사명

하지도 않은 일을 만들어서 벌주는 일은 없어야 한다. 그렇지만 죄
를 짓고도 본인만 빠져나가려는 사람을 눈앞에서 그냥 놓아둘 수
는 없다. 그 오빠라는 사람은 피의자와 동거하기 전 쉼터에 있던
다른 미혼모와 이미 동거한 사실도 있었다. 그래서 이번 수사에서
빠져나가면 또 다른 대상을 물색해서 수급비에 의존하며 살 수도
있겠다는 생각이 강하게 들었다. 기생적인 생활을 하는 사람들의
특성을 나는 너무나 잘 알고 있었고, 그런 사람들은 특별한 죄의식
도 없이 자신이 이용할 수 있는 먹잇감을 잘도 발견해낸다. 그러니
예방을 위해서라도 잘못을 밝혀야 했다.

혼자서 아이를 낳아서 키우며 누구에게도 지지받지 못하고 스스
로 다른 사람보다 부족하다고 생각한 아이 엄마가, 때로 아이한테

잘못하고 있다고 생각하는 사람이더라도 늘 자신 곁에 붙어 있으니 한편으로는 의지하고 살게 되었던 것 같다. 심리적 지지가 한 사람이 살아갈 수 있는 내면의 힘을 길러주는데, 단 한 번도 그런 지지를 받아보지 못한 아이 엄마를 보며 한편으로는 가슴이 아팠다.

예전에 비해 복지 정책이 나아졌고 좋아지고 있는 듯하지만 여기엔 사각지대가 존재하는 것 같다. 기초생활수급비를 받는 사람들이 어떻게 살고 있는지, 수급비가 제대로 쓰이고 있는지 등과 관련된 것을 점검하고, 대상자들에게 경제교육도 함께 실시할 수는 없는 걸까? 사회로부터 지원받을 수 있는 혜택이 있는지조차 몰라서 범죄로 연결되는 경우도 있기 때문이다. 이런 이들을 제대로 도울 수 있는 사회적 시스템 마련이 매우 시급하고, 프로파일러로서의 내 역할이 어디까지인지를 생각하게 만드는 사건이었다.

사건 #3
트루먼 쇼의 주인공이라고
착각한 청년

조용한 주택가 골목. 겉보기엔 그저 조용하기만 했다. 그런데 주거
지로 향하는 계단을 오르자 설명하기 어려운 광경이 펼쳐지기 시작
했다. 그동안 수없이 많은 현장을 보았지만 이런 현장은 처음이었
다. 계단 위에 있는 현관문으로 올라가기 전에 본, 마당 한편에 지
어놓은 닭장 안은 설명하기 힘들 정도로 처참했다. 주택가에 만들
어진 것 치고는 꽤 큰 닭장이었는데 커다란 닭 대여섯 마리가 모두
죽어 있었다. 목이 베이거나 어디를 얼마나 찔렸는지 확인하기 섬
뜩할 정도로 닭장 안과 계단 입구까지 펼쳐진 혈흔들이 끔찍했던
상황을 설명해주는 것 같았다.

그리고 현관을 열었을 땐 순간 아찔함이 느껴지는 현장이 눈앞

에 펼쳐졌다. 거실은 온통 혈흔투성이였고 현관과 주방 입구 쪽에 집주인으로 보이는 두 사람이 쓰러져 있었다. 발 디딜 틈도 없어 보이는 현장이라서 문밖에서 입구 쪽을 촬영한 후 통행판을 놓았다. 현장을 보존하기 위해 모든 현장에 통행판이 놓이기는 하지만 이런 조치를 하지 않고서는 한 발짝도 내딛을 수가 없었다.

시체를 수습하는 일이 급선무이긴 했지만 119 구급대원들이 사망 사실을 확인했기 때문에 현장을 있는 그대로 보존한 상태에서 1차 감식을 진행해야 했다. 시체를 옮기는 과정에서 훼손될 가능성이 있는 증거들을 보존하기 위한 조치가 필요했다. 과학수사요원들이 현장감식을 진행하는 동안 나는 내부 약도를 그리고 시체의 위치와 현장에 유기된 물건들을 살핀 후, 입구에 선 채로 현장관찰을 시작했다. 현장에 남아 있는 혈흔의 형태 등으로 범인의 행동을 예측하는 일은 매우 중요하다. 피의자가 검거되고 나면 그의 입을 통해 듣는 이야기들이 있겠지만 현장이 말하는 범인의 행동을 분석하고 진술과 비교하는 과정이 이루어져야 하기 때문이다.

범행 도구인 식칼도 현장에 그대로 방치되고 계단 입구에 널브러진 닭들에게서 보았던 형태 그대로 피해자들에게도 상흔이 남아 있었다. 두 명의 피해자 모두 손에 방어흔(피해자가 상대편의 공격을 막으려 한 흔적)으로 보이는 상처가 보였다. 아마도 공격을 피하기 위해 필사적으로 노력한 듯했다. 현장감식요원이 현장에 남아 있는 피해

사나 범인의 흔적을 찾으려고 애쓴다면, 프로파일러는 수집된 물적 증거를 통해 범인의 행동 등과 같은 무형의 증거를 찾고자 노력한다. 이 사건처럼 예기(칼 따위의 날카로운 범행 도구)가 사용된 경우엔 그 부위가 칼등인지 칼날인지를 구별하고, 예기의 방향이나 모양을 보고 범인이 어느 쪽에서 피해자를 공격했는지, 범인이 주로 어느 쪽 손을 사용했는지, 범행 도구는 몇 개인지 등을 관찰해 범인의 행동을 예측해본다.

한 번의 현장관찰만으로는 부족하기 때문에 두 번, 세 번 현장을 방문하기도 하고 현장 사진을 수십, 수백 번 들여다보기도 한다. 사건 당시에 있었을 법한 상황을 상상하고 범인의 마음속으로 들어가보려고 노력하지만 최초 상황을 관찰하는 데에는 중요한 의미가 있다. 시체를 옮기고 1차 감식이 끝나면 현장이 변형될 가능성이 높기 때문이다.

끔찍한 사건 현장

현장은 2층 주택으로 집주인은 2층에 살고 있었다. 소란스러운 소리가 들리자 1층에 거주하는 세입자가 신고를 했다. 신고 후 바로 경찰이 출동했고 경찰이 들어서자 범인으로 추정되는 젊은 청년이

2층에서 뛰어내려 도주해 경찰관들이 뒤를 쫓았다. 피해자 두 명이 모두 거실에 있었고 제3자의 물건으로 보이는 컴퓨터 하드디스크와 수십 권의 책이 조그만 상자에 담긴 채 거실 입구에 놓여 있었다. 아마도 가지고 가려고 챙겼다가 경찰이 도착하자 그냥 두고 간 것 같았다.

피해자의 사인(死因)은 두 사람 모두 실혈사(심한 출혈로 피가 부족해 사망함)! 범인은 가슴과 등, 배 부위를 수없이 찌르고도 경부(목 부위)에 커다란 자창(날카로운 것에 찔려서 생긴 상처)을 남겼다. 도대체 얼마나 원한이 깊었으면 이 정도로 상처를 입혔는지 끔찍하기 이를 데 없었다. 피해자의 시체가 모두 거실에 있었기 때문에 거실을 먼저 감식한 후 시체를 영안실로 옮겼다. 검시조사관들이 검시를 진행하는 동안 프로파일러들은 시체를 세세하게 다시 관찰해야 하지만, 보통 현장감식을 모두 마쳐야 프로파일러, 검시조사관, 과학수사요원 들이 동시에 이동한다.

거실의 상황으로 볼 때 최초의 공격과 마지막 공격이 모두 거실에서 이루어진 것으로 판단되었다. 하지만 내부에 더 남아 있을지 모르는 흔적을 찾고 범행을 재구성하기 위해 추가 관찰을 했다. 목격자들의 진술을 통해 젊은 청년이 주인집 아들로 확인되면서 범인으로 추정되었기에, 아들이 거주한 방도 꼼꼼히 살펴야 했다. 집주인인 부부가 생활한 방에서는 혈흔 같은 흔적이 발견되지 않았고,

아들이 기주하는 빙 곳곳에선 혈흔이 관찰되었다. 사용하던 깃으로 보이는 컴퓨터는 분해되어 있었고 여기저기 혈흔이 묻어 있었다. 책꽂이와 책, 책상 위에 놓인 물건에서도 혈흔이 관찰되었다. 아마도 범행 후 자신이 가지고 갈 물건을 챙기기 위해 방에 들어와 이것저것 만진 것 같았다. 거실에서 발견된 책이나 하드디스크 등은 수거 후 분석실로 옮겨 추가 감식을 해야 했다. 그런데 방 전체를 옮길 순 없는 일이었기 때문에 필요한 자료라고 판단된 부분을 미리 촬영해달라고 부탁하고 감식도 요청했다.

현장감식을 담당하는 과학수사요원들은 워낙 베테랑이라서 굳이 이야기하지 않아도 범행 현장 전부를 꼼꼼히 감식하지만 현장관찰 후 감식이 더 필요한 부분이 있으면 추가로 요청하기도 한다. 그리고 1차 감식이 끝났더라도 현장 사진이나 수사기록에서 의심스러운 부분이 발견될 때도 2차, 3차 감식을 진행한다. 프로파일러가 과학수사과에 근무하는 이유는 이렇듯 부서 간 소통이 필요하고, 현장에 가지 않고서는 분석이 불가능하기 때문이라고 생각한다.

부엌에서 사용하던 칼이 혈흔이 묻은 채로 거실에서 발견되었지만 주방엔 혈흔을 비롯해 이렇다 할 흔적이 없었다. 결국 이번 사건의 핵심 장소는 거실과 아들이 사용하던 방, 그리고 닭장이라고 결론지었다.

병원에서 만난 피의자

현장감식을 진행하는 동안 피의자를 검거해서 병원으로 이송 중이라는 연락을 받았다. 2층이기는 했지만 꽤 높은 높이에서 뛰어내리면서 발뒤꿈치가 부러지고, 그 상태로 피해자 중 한 명인 아버지가주차해놓은 차를 타고 도주하다가 접촉사고를 내 검거되었다고 했다. 발뒤꿈치가 골절되고 손에 약간의 상처가 난 것 외에는 특별히다친 곳이 없었지만 바로 퇴원할 수 있는 상황은 아니었다. 그래서입원 치료 중인 피의자를 병원에서 만나 면담을 진행하게 되었다. 현장에 있었던 사람은 피해자 두 사람과 피의자까지 세 명이었지만피해자들은 모두 사망했기 때문에 범행 과정과 관련된 자세한 이야기는 피의자에게 들어야 했다. 사건의 전말은 이렇다.

피의자는 농사를 짓는 부모님 밑에서 별다른 문제 없이 고등학교를 졸업했고 성적도 상위권이라서 원하는 대학에 진학했다. 부자는 아니었지만 경제적으로도 부족하다는 생각을 해본 적이 없었다. 단지 어려서부터 부모님이 싸우는 모습을 자주 보았다는 것 정도가 문제라면 문제일 수 있었다. 어머니는 아버지와 싸우고 나면 늘1남 2녀 중 막내인 피의자에게 하소연했고, 그래서 늘 엄마를 위해더 열심히 공부해야겠다고 생각했다고 한다.

물론 어머니가 아버지와 싸울 때마다 시시콜콜한 이야기를 들어아 하는 입장이 피의자에게 그리 달갑지는 않았고 스트레스의 대부분은 여기서 비롯되었다. 누나들도 좋은 성적으로 학교를 졸업한 후 나름대로 괜찮은 직장에 다니고 있었으며 모두 결혼한 상태였다. 그리고 피의자가 대학을 다니다 그만둔 이력이 있어 이유를 물었더니 비전 있는 일을 하기 위해 독일로 유학을 가려 했다고 대답했다. 자신 없는 일은 시도조차 하지 않기 때문에 실패한 경험은 단 한 번도 없었다고 당당히 말하기도 했다.

범죄자의 얼굴이 따로 정해져 있지는 않지만 겉보기엔 내 앞에 살인범으로 앉아 있을 만한 사람처럼 보이지 않았다. 호남형에 키도 180센티미터가 넘는 듯했다. 물론 연쇄살인을 저지른 사람들도 평상시 모습은 조용하고 더없이 선량한 사람으로 보였다고 평하는 이웃이 많기 때문에 외모로만 판단할 순 없는 일이다.

부모를 살해하고도 이렇게 당당할 수 있을까 싶었던 피의자는 독일에서 유학 중 졸업을 하지 못한 채 한국으로 돌아왔다. 독일에서도 심리적 문제가 있었으리라고 예상되는 대목이지만 이야기하길 꺼렸고 그냥 한국에 오고 싶었다고만 했다. 한국으로 돌아온 후 이렇다 할 직장을 구하지 못하고 매형이 운영하는 서점에서 2년 넘게 일하는 중이었다. 여자친구와 교제해본 경험이 한 번도 없다며 최근엔 사귈 수 있겠다는 생각이 들어서 사람에 관한 책을 읽으며 연구하고 있다는 이야기도 덧붙였다. 또 자신은 특별한 문제가 없다고 생각하지만 우울증으로 치료를 받은 경험이 있긴 하다고 말했다.

부모를 모두 살해한 상황에서도 도망치기 위해 책과 하드디스크를 챙기던 그가 읽고 있던 책은 주로 뇌, 우주, 미래, 구원, 사랑과 관련된 것들이었다.

수면 부족이 부른 망상

"저는 최근에 뇌호흡 관련 서적을 읽고 저도 뇌호흡을 할 수 있다는 생각을 해왔어요. 잠을 적게 자고도 정상적인 생활이 가능하다고 생각해서 하루에 두세 시간만 자면서 생활했고 이 습관을 최근 2~3일간 반복했죠." 피의자가 말했다.

예외가 있을 수는 있겠지만 평소 충분한 수면을 취하던 사람이 제대로 잠을 자지 못하고 자신에게 특별한 능력이 생겼다고 믿는다면 문제행동의 시작이라고 생각할 만하다. 피의자의 경우도 마찬가지인 듯했다. 그는 무의식중에 누군가가 명령하듯 특정한 장소에 들어갔다 나오는 행동을 했고 그 순간을 기억하지 못한다고 했다. 사실 이런 증상은 정신적으로 문제를 겪는 사람들에게서 나타난다. 잠을 안 자도 피곤하지 않다는 잘못된 신념이 지속되다 왜곡

된 사고로 이어지는 사례가 종종 보고되기 때문이다.

사건이 발생한 날에도 피의자는 새벽 2시가 넘어 잠을 청했다가 4시 30분 무렵 닭이 우는 소리를 듣고 일어났다. 그러고는 옥상에 있는 닭장에 가서 여섯 마리의 닭 중에서 수탉 한 마리의 목을 비틀고, 주방에서 칼을 들고 나와 암탉 두세 마리를 더 죽이고 있을 때 아버지가 나와 왜 그러냐며 말리자 실랑이가 일어났다. 아버지가 자신을 거실로 끌고 들어간 후 어머니가 찬송가를 부르면서 자신을 안정시켰고, 안방에서 어머니와 같이 성경 말씀과 찬송가를 틀어놓고 눈을 감았다. 그렇게 있으니 마음이 안정되었는데 아침 무렵엔 다시 마음이 불안해져 거실을 왔다 갔다 했다.

"가만히 있으려니까 자꾸 누군가가 감시하는 듯한 기분이 들더라고요. 그래서 어머니한테 핸드폰이 어디 있냐, 책은 어디 있냐 하고 꼬치꼬치 물었는데 밖에 나와보니 닭장 앞 평상에 제가 읽던 책 일곱 권 정도가 놓여 있었고 휴대폰은 발견하지 못했어요. 새벽에 닭을 죽이러 갈 때 불빛을 비추었던 기억이 있는데 휴대폰을 어디에 두었는지 도저히 생각이 안 났고 찾을 수도 없었죠. 어머니는 지갑이 어디 있냐고 다그쳐 물었고 저는 이상한 생각이 들어 차 열쇠를 가지고 집을 나왔어요. 그때 뒤쫓아 나온 어머니를 뿌리치고 공터에 세워놓은 아버지 차를 타고 동네를 한 바퀴 돌고 온 다음, 나머지 닭을 죽여야겠다는 생각에 다시 집으로 들어왔죠.

부엌 싱크대에 꽂힌 식칼을 양손에 한 자루씩 꺼내 들고 나머지 닭들을 죽이러 나가는데 부모님이 양팔을 꼼짝 못 하게 잡았어요, 막 뿌리치다가 그때 일이 터졌죠. 아버지는 두세 번 찌른 게 기억나고 어머니는 살짝 찔렀는지 아닌지 기억이 안 나요. 아무튼 밖으로 나와서 나머지 닭 두 마리랑 도망치는 닭 한 마리를 차례대로 칼로 내리쳐서 죽여버렸어요. 그러고 거실로 들어왔는데 쓰러진 아버지에게서 조금 떨어진 곳에 앉아 울고 있는 어머니가 순간 나쁜 세력으로 보이더라고요. 그래서 '물러가라, 물러가라!' 외치면서 엄마를 찔렀는데 잘 죽지 않아서 심장 부위를 더 세게 찔렀어요. 그리고 아버지와 어머니의 목을 몇 번 더 찔렀고요."

제대로 반항도 못 하고 공격을 당한 아버지와 어머니를 보면서 어떤 생각이 들었는지 물었지만 그는 그 순간엔 그들이 자신을 말리는 나쁜 세력으로만 보였다고 한다. "닭만 죽이려고 했는데…"라고 말끝을 흐리면서 자신이 닭을 죽이는 걸 말리지만 않았어도 그런 일은 없었을 거라며 후회보다는 분노하는 감정을 드러냈다.

그럼 도대체 왜 갑자기 닭을 죽이려고 생각했는지 물었다.

"새벽에 닭 울음소리에 깼고 뚜렷한 이유 없이 닭을 죽여야 한다는 생각이 들었는데, 돌이켜 생각해보니 수탉 한 마리가 암탉 여러 마리를 거느리고 윤간하는 것 같더라고요. 그래서 수탉을 먼저 죽이게 되었어요." 그의 대답이었다.

물론 이것도 제대로 설명하지는 못했다. 결국 닭장 안에 있던 닭 여섯 마리를 모두 죽였으니 피의자가 말하는 이유는 설득력이 없었다. 사고가 일부 와해되었다고 판단할 수밖에 없었다. 그는 자신이 읽은 책 이야기를 하면서 이런 말도 했다.

"인생에는 띠가 있고, 사람마다 띠를 하나씩 가지고 태어나는데 그 띠가 좋은 품성을 나타낼 수도, 나쁜 품성을 나타낼 수도 있어요. 나쁜 품성의 영향을 많이 받았을 때 범죄를 저지르게 되는 거죠. 그런데 닭이 윤간을 하면 다음 생에 태어났을 때 바람도 피우고 나쁜 일을 저지를 것 같아서 제가 처단했어요."

종교 관련 서적을 여러 권 읽고 최근에는 매형의 권유로 교회에 다니고 있었지만 기독교적 사고도, 불교적 사고도 아닌 그야말로 와해된 사고의 연속이었다. 그러나 내 앞에 앉아 있는 피의자는 너무나 당연하고 당당하게 자신의 주장을 펼치고 있었다. 사고가 와해된 사람의 표정이나 언어라고 판단하기 어려울 정도였다. 멀리서 피의자의 표정과 태도만 보았다면 이런 내용을 이야기하고 있다는 상상조차 하지 못했을 것이다. 전혀 설득력이 없고 말도 안 되는 이야기들이었지만 프로파일러인 내가 경청하지 않으면 용케 알아차리고 진술을 중단하기 때문에 정말 열심히 들어야 했다.

부모님이 왜 나쁜 세력으로 보였는지와 관련해서는 이렇게 답했다.

"닭을 죽이지 못하게 하고 저를 감시했어요. 사건 전날 밤에도 제가 판교 같은 지역을 몇 시간 돌아다니다가 집에 들어갔는데 저를 바라보는 눈빛이 친자식으로 생각하지 않는 것 같았어요. 이미 그때부터 나쁜 세력이 들어가 있었던 것 같아요.

평소에 부모님을 죽이고 싶다는 생각을 하지는 않았어요. 그런데 아버지가 바람을 피워 부모님이 싸운 적이 많아서 닭이나 사람이나 모두 문제라고 생각했죠. 그렇다고 해서 꼭 그런 이유로 부모님을 죽인 건 아니에요."

그러면서 그는 말을 이어갔다.

"지금 이 세상은 선과 악으로 이원화되어 있는데요, 저는 계속 그 안에서 살 것인지 아니면 초월할 것인지 고민했어요. 제 주변에서 일어나는 일들과 상황을 맞추어본 결과, 저는 이원화된 이 세상을 뛰어넘기로 결심했어요. 그래서 이번 사건이 일어난 거예요."

정상적인 사고라고는 생각할 수 없는 이야기의 연속이었다.

면담을 하는 또 다른 이유

프로파일러가 피의자와 면담을 진행하는 목적은 사건과 관련해 현장에서 확인되지 않는 정확한 정보를 알아내기 위해서다. 그리고 범행 과정에서 일어난 심리적 변화가 어떻게 진행되는지 알아보고 다른 사건이 발생했을 때 참고하기 위함이다.

프로파일러가 상담자의 역할을 하지는 않지만 한번 말문을 열기 시작한 피의자들은 보통 자신의 이야기를 끝까지 잘 들어주기를 원한다. 심리적 문제를 겪고 있는 피의자뿐만 아니라 일반적인 피의자들의 모습이 대부분 그렇다. 어떤 경우엔 한 번 더 와달라고 부탁하는 경우도 있다. 면담 한 번으로 피의자를 변화시키거나 교화하기는 어렵지만 면담을 통해 무언가 변할 수 있다는 사실을 경험할 계기는 되리라 생각한다. 본인의 잘못을 책임지는 수감 기간 동안 혹시라도 문제가 있다면 고치고 심리치료도 병행할 수 있음을 깨닫게 한다는 면에선 의미가 있다고 할 수 있다.

피의자는 이야기가 진행될수록 심리적으로 안정을 되찾는 듯했고 체포 과정에서 혀를 깨물어 경찰관을 깜짝 놀라게 한 행동에 대해선 미안함을 표시했다. 모든 말썽은 혀에서 비롯되기 때문에 그런 것이지 죽으려고 생각하지는 않았다며 나를 안심시켰다. 혹시 최근에 스스로 정신이 이상하다고 생각해본 적이 있느냐는 나의 질문에는 매형이나 어머니에게서 자신이 정신이 나갔다고 하는 말을 들은 적은 있지만 자신은 그렇게 생각한 적이 없다고 했다. 그리고 일할 때 자꾸 누군가가 귀찮게 해서 한 시간이면 끝낼 일을 두 시간에서 세 시간씩이나 걸리게 해서 힘들었다고 호소했다.

피의자는 자신이 마치 영화 〈트루먼 쇼〉의 주인공이 된 것 같았다고 주장했다. 사건이 일어날 즈음 그는 '지구활성화', '샴브라', '신나이(신과 나눈 이야기)' 등 종교운동 사이트 및 서적에 심취해 있었고 일반적인 생활 및 사고 방식과 동떨어져 있었다. 현실 세계에 큰 비중을 두지 않는 듯한 이런 사상에 빠지면서 현실도피적인 자세를 취하게 된 것은 아닐까 하는 생각이 들기도 했다. 어머니를 만족시키기 위해서 선택한 삶이 제대로 굴러가지 않고 부모의 기대에 부응하지 못하면서 부모와의 관계가 악화되었고, 따라서 실패를 받아들이지 못하고 자신만의 세계를 만들어나간 것으로 보였다. 사회생활에 미숙한 자신을 드러내기 싫어 끝내 자신을 더욱 과대평가하게 되었을 것이다.

피의자는 《뇌호흡》이라는 책을 읽은 후 본인 스스로 임상실험을 했다. 그랬더니 잠을 거의 안 자고도 피곤함을 느끼지 않는다고 생각하며 며칠을 지내다가 범행을 저지르고 말았다. 그는 부모가 〈트루먼 쇼〉에서처럼 자신을 궁지에 몰아넣고자 모종의 음모를 꾸미는 것처럼 느꼈다고 몇 번이나 되풀이했다. 무엇이 제일 걱정되느냐는 질문엔 새로 가입한 휴대폰의 부가서비스를 정리해야 하는데 자신이 구속되어 있으면 그게 가장 걱정이라고 대답했다. 그러면서 부가서비스의 종류 등을 자세히 설명했고, 돌아가신 부모님에 대해 어떻게 생각하느냐고 묻자 자신이 제정신이 아니었다는 말로 일축했다.

어머니는 남편에게서 받는 스트레스를 아들에게 하소연했고, 아들인 피의자는 그런 어머니를 만족시키기 위해 모범생으로 살 수밖에 없었지만, 어머니를 잘 이해하기에는 너무 어렸기 때문에 역부족이지 않았나 하는 생각이 들었다.

피의자는 자신에게 끊임없이 요구되는 기대와 그 기대에 부응하지 못하는 자신 사이에서 갈등하며 성장했을지도 모른다. 대학을 중퇴하고 독일에 가기로 결심한 시기에 자신에게 문제가 생기고 있음을 어쩌면 짐작했을 수도 있다. 독일에서의 삶도 쉽지 않았으리라 생각한다. 육체적으로는 성장했지만 여전히 약하고 힘들어하는 피의자를 누구 하나 보듬어주는 사람도 없었을 것이고, 지친 상태로 외국에서 적응하기란 당연히 더 어려웠을 터다.

우리는 아플 때 아프다고, 자신이 부족할 때 부족하다고, 잘 모를 때는 과감히 모른다고 이야기할 수 있는 용기를 배워야 한다. 이런 것들을 가족으로부터 배우고, 초·중·고등학교 과정을 거치면서 자연스럽게 배워야 한다. '열등감'의 반대말이 '용기'라는데 우리에겐 그런 용기가 있는지 생각해 볼 일이다.

프로파일러로 처음 발령받고 근무한 지 얼마 지나지 않아 검찰청에 찾아갔던 일이 기억난다. 사건을 분석하고 검거된 피의자들과 면담을 진행하면서 범죄 예방을 위해선 경찰 수사 단계에서 범죄자를 조기에 검거하는 것도 중요하지만, 형을 집행하는 교정기관의 역할도 중요하다는 생각이 들었다. 나는 교정 단계에서 어떤 교육이나 상담 프로그램이 마련되어 있는지 궁금했고, 우리나라 경찰에서 처음으로 프로파일러를 특채했으니 교정기관과 연계해서 할 수 있는 일이 있는지 문의하기도 했다.

벌써 십수 년 전 일이지만 지금도 그런 아쉬움은 여전히 남아 있다. 죄를 종류별로 구분해서 피의자들을 수용하고 개인상담, 집단상담 등의 프로그램을 통해 범죄행동과 관련된 문제를 스스로 깨달을 기회가 주어진다면 정말 좋겠다. 당장은 뚜렷한 성과가 나타나지 않을 수 있지만 몇 년 후 재범률을 평가한다면 분명 예방 효과가 있으리라 확신한다.

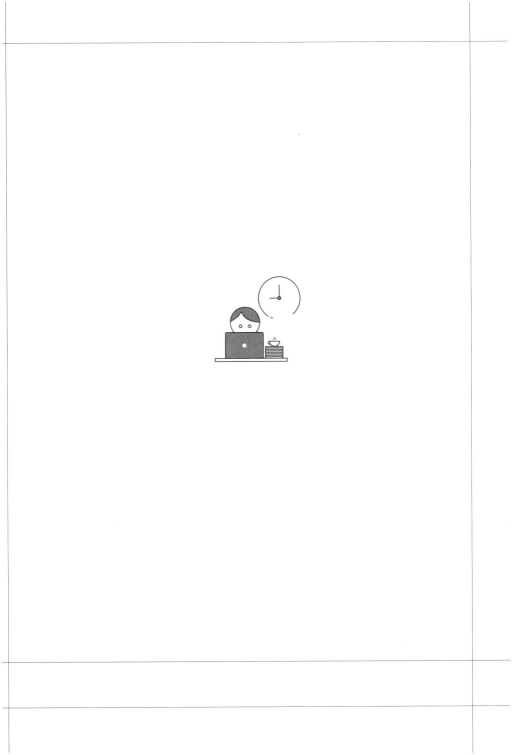

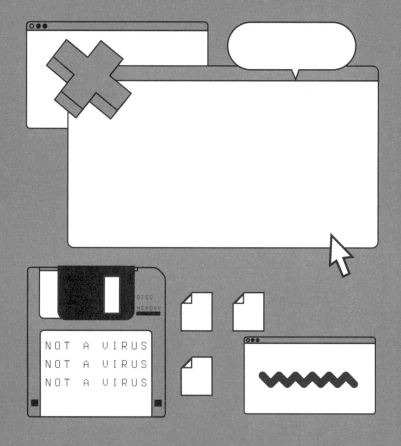

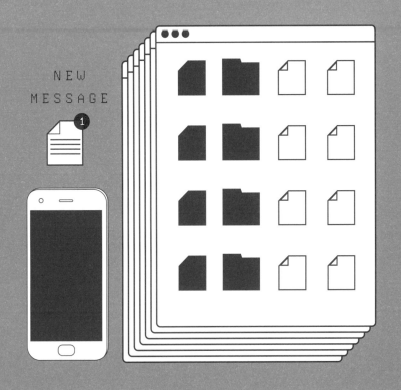

2

NEW
MESSAGE

프로파일러는 잘 '듣는' 사람이다

나는 프로파일러입니다

대학을 졸업하고 임용고시를 준비하던 중 우연히 대학 학생생활연구소 조교로 일할 기회가 주어졌다. 학부 때 특별히 관심을 주시지 않은 교수님의 전화를 받고 깜짝 놀랐지만 상담이나 심리학에 관심을 가지고 있던 나로서는 너무나 반가운 일이었다. 1, 2학년 때 단과대학 선거 지지 유세에서 시를 낭독하는 모습을 눈여겨봤다며 학교에서 근무할 것을 권유하셨다.

지금도 그렇지만 학부에 심리학과가 있는 학교가 그렇게 많지 않았고 내가 졸업한 학교도 교육학과에서 상담이나 교육심리, 임상심리 등을 배울 뿐이었다. 학교에서 근무하면 공부를 계속할 수 있는 좋은 기회이기도 해서 낮에는 연구소에서 일하고 밤에는 교육대학원 상담심리 전공으로 석사과정을 밟을 수 있었다. 뜻하지 않게 주경야독의 길로 들어선 것이다. 관심이 있던 분야고 업무와 연계되기도 해서 석사과정은 어렵지 않게 마칠 수 있었다.

그때만 해도 젊었기 때문에 나이 드신 분들의 과제까지 도와가며 재미있게 공부했던 것 같다. 학교 연구소에 있다 보니 자연스럽게 상담이나 심리검사 관련 교육을 받을 기회도 주어졌고 관심 있는 교육 프로그램에 저렴한 비용으로 참가할 수 있었다. 만약 그때 지금처럼 프로파일러로 일할 줄 알았다면 더 많은 과정을 이수하고 임상심리 관련 자격증도 따고 했을 텐데, 일하고 데이트하면서 시간을 쪼개 교육도 받느라 나름대로 바쁘게 시간을 보낸다고 생각했던 것 같다. 석사과정을 마칠 때쯤엔 결혼 준비도 해야 했기 때문에 지금 생각하면 조금 아쉬움이 남는다.

석사과정을 마치고 나니 내친김에 박사학위까지 따고 싶다는 욕심이 생겼고 교수님의 권유도 받아 박사과정에 입학원서를 접수했다. 그렇지만 박사과정에서는 파트타임으로 공부할 수 없어 합격한다면 연구소를 그만두고 공부에만 열중해야 했다. 쉽지 않은 결정이었지만 다행히 수석으로 합격해서 몇 만 원 정도의 학생회비만 내고 학교를 다닐 수 있게 되었고, 학비 부담이 없어 연구소를 그만두는 일도 큰 고민 없이 결정할 수 있었다. 게다가 박사과정 중에 학부에서 강의할 기회가 주어져 안정적이지는 않았지만 연구소에 근무할 때 이상의 수입도 얻을 수 있었다.

교육학, 실기교육 방법론, 심리학 등의 강의를 하니 공부에도 도움이 되고 많은 분과 만날 기회가 생기기도 해서 감당하기 어려울 정도의 강의를 맡기도 했다. 운이 많이 따른 시기였던 것 같다.

프로파일러의 길에 들어서다

우리나라의 프로파일링은 2000년부터 시작되었다. 2000년 1월 국립과학수사연구소 범죄심리과 분석실에서 살인, 강간, 방화 등 주요 사건에 대하여 범죄자와의 심층 면담을 실시하고 자료화한 것이 발단이 되었다. 2000년 4월 '경찰청 범죄심리분석 자문위원회'를 구성하고, 2004년 7월 '강력범죄분석팀(VICAT)'이라는 이름으로 기존의 과학수사요원들 중에서 이 분야에 관심이 있거나 전공이 맞는 형사들로 이루어진 팀으로 출범했다.

2005년 5월, 내가 박사학위 논문을 마무리할 때쯤엔 국내에서는 처음으로 경찰청에서 '범죄분석요원 1기 특채'라는 이름으로 프로파일러를 선발한다는 소식을 접했다. 심리학이나 사회학을 전공한 사람에게 응시자격이 있었고, 석사과정에서 상담심리를 전공한 후 박사과정에서 교육사회학을 전공 중이던 나에게도 기회가 주어졌다.

가족 중에 경찰공무원이 있다든지 주위에 친하게 지내는 경찰관이 있었던 것도 아니라서 경찰공무원이라는 직업이 처음엔 생소했다. 하지만 석사과정 동안 연구소에서 근무한 경력과 가정폭력상담소 등에서 자원봉사를 했던 나는, 일반 내담자가 아니라 범죄자와 상담할 수 있다는 점이 매력적으로 느껴졌다. 게다가 안정적이기까지 한 직업을 가질 기회이니 지원해봐야겠다는 생각이 들었다. 당시엔 박사학위를 받고 나면 무엇을 해야 할지 고민하면서 일단 작게라도 개인상담소를 운영하며 강의를 병행해야겠다고 생각하고 있었지만, 쉽지 않은 일이었기 때문에 좋은 기회가 아닐 수 없었다. 물론 논문도 마무리해야 했기 때문에 정신없이 원서를 작성하고 접수했던 것 같다.

그런데 아무래도 운이 좋았던 모양이다. 서류심사에 통과하고 나서 일반 경찰공무원처럼 형법, 형사소송법, 경찰행정법 등 법과 관련된 시험을 보지 않고 서류전형에 합격했고, 전공 관련 시험을 구두로 치른 후 적성검사 등과 1, 2단계 면접으로 전형이 이루어졌다. 범죄심리학 관련 지식을 가지고 있고 사회문제에 관심만 있으면 어렵지 않게 실기시험과 면접에 응할 수 있었다. 현재는 일반 공채처럼 체력검정도 실시하고 예전보다 훨씬 어려워졌기 때문에 지금이라면 프로파일러가 될 꿈을 꾸지 못했을지도 모르겠다.

면접시험에서 교사 자격을 가지고 있는데 왜 굳이 범죄와 관련된 일을 하려고 하는지 질문을 받았던 기억이 난다. 여성이고 결혼해서 아이까지 있는데 이 일을 할 수 있겠느냐는 말도 들었다. 지금은 그때 면접관들이 왜 그런 질문을 했는지 충분히 이해할 수 있지만 당시엔 너무 쉬운 질문을 한다고 생각했다. 합격하기 위해선 면접을 보는 누구든지 여성이고 결혼했고 아이가 있지만 당연히 열심히 하겠다고 대답했을 것이다. 그러니 면접에서 못 하겠다고 할 사람이 누가 있겠나 하는 생각과 함께 나를 불합격시키려는 질문인가 하는 생각도 들었다.

합격의 기쁨과 생소한 경험들

5월에 선발공고가 난 이후 두 달여 동안 모든 전형이 끝났다. 박사학위 논문도 마무리하고 졸업식과 합격자 발표만을 남겨놓은 7월의 어느 날, 최종 합격자 명단에서 내 이름을 확인하고는 깜짝 놀랐다. 아마도 7월 21일이었던 것으로 기억한다.

그런데 발표 이틀 뒤인 7월 23일까지 중앙경찰학교에 입교해야만 했고 그러지 않으면 합격이 취소되는 상황이었다. 길게 생각하고 말고 할 시간이 없었다. 졸업식이 8월이었지만 챙길 겨를도 없이 7월 23일, 충주에 있는 중앙경찰학교에 입교했다. 한 달 동안 집에

갈 수 없다는 안내를 받았기 때문에 캐리어에 옷가지 등을 챙겨서 언덕을 오르던 때를 생각하면 지금도 아찔하다. 한여름에 캐리어를 끌고 걸어서 올라가려니 땀으로 엉망진창이 되었다.

정식 과정은 월요일인 25일부터 시작되었다. 그런데 주말이었던 23일과 24일 양일간 생전 처음 경험해보는 일들이 마구 일어났다. 물론 그날 이후로 하루하루가 새로운 일의 연속이었지만 말이다. 가지고 간 옷 중에서는 속옷 정도만 입을 수 있었고 다른 물품은 모두 제공되는 것을 사용해야 했다. 근무복, 기동복, 운동복, 근무화, 기동화, 가방 등등 물품을 지급받고, 생활실 이불과 물품을 정리하는 법을 교육받는 등 군인과 비슷한 생활을 했던 것으로 기억한다. 비록 군대를 다녀오지는 않았지만 그래서인지 군대 생활에서 이해되는 부분이 꽤 많다.

특히 잊을 수 없는 일은 난생처음 염색을 했던 기억이다. 내 머리카락은 엄마 뱃속에서 태어날 때부터 갈색이다. 그래서 중고등학교 시절 선생님들께 염색했느냐는 질문을 받은 적도 많았다. 그렇지만 검은색으로 염색하라고 권유받은 적은 이때가 처음이었다. 원래 내 머리색이 그런데도 지도관들은 받아들이지 않았다. 결국 나는 동기들의 도움을 받아가며 염색을 했고, 한 번도 해보지 않은 일인지라 옷이고 수건이고 검은색으로 물들어 엉망진창이 되었던 기억이 지금도 선하다.

전국에서 16명을 선발했고 그중 남경이 5명, 여경이 11명이있다. 여경 중에선 내 나이가 가장 많았다. 나는 35세라는 늦은 나이에 합격했고 나보다 열 살이나 어린 동기도 있었다. 이렇게 중앙경찰학교에서의 생활이 시작되었다. 법 관련 시험을 보지 않고 합격한 16명의 동기들은 밤낮없이 형법, 형사소송법 등 법 공부를 하고 태권도, 유도, 검도, 사격 등 경찰이면 기본적으로 갖추어야 할 소양을 익히는 데 6개월의 시간을 보냈다.

그리고 다음해인 2006년 1월 6일, 드디어 학교를 졸업하고 각자 근무하게 될 지방청에 배명받았다. 지금은 과학수사과 소속이지만 당시만 해도 수사과와 형사과가 구분되지 않은 지방청이 많았고, 과학수사과가 독립되어 있는 청은 없었다. 나는 수사과 과학수사계로 발령받아 업무를 시작했다.

살인범과의 첫 만남

프로파일러가 해야 하는 일은 살인, 강도, 성폭력, 방화, 약취유인 등 강력사건이나 사회의 이목이 집중되는 사건이 발생하면 현장에 가서 유형과 무형을 막론하고 범인의 흔적을 찾는 것이다. 사건이 조기에 해결되지 않으면 현장 및 수사 상황 등을 종합해 사건을 분석한다. 또 범인이 검거되면 일반적인 상담에서와 마찬가지로 범인과 일대일로 만나 그 사람이 태어나서 지금에 이르기까지의 전 과정을 들으며 상담하고 심리검사도 병행한다. 그리고 그렇게 얻은 결과를 시스템에 입력해 전국에 있는 형사요원들이 공유할 수 있도록 DB(Daterbase, 데이터베이스)화한다. 나는 범죄자와 면담한다는 막연한 설렘으로 경찰에 입문했지만 현장은 그리 녹록지 않았다.

첫 면담에 나갔던 일이 생각난다. 살인사건이 발생하고 얼마 지나지 않아 검거된 피의자를 만나 그의 일생을 듣고 범행 동기를 비롯해 사건과 관련해 자세한 진술을 확보해야 했다. 그런데 피의자는 이전에도 살인 전과를 포함해 20여 개의 전과가 있는 사람이었다. 아무 생각 없이 진술녹화실에서 둘이 앉아 면담하겠다는 내 말을 듣고 선배들이 한마디씩 보태기 시작했다. 무슨 일이 있을지 모른다, 일반 상담실에서 만나는 사람이라고 생각하면 안 된다, 자신을 위한 안전장치는 준비했느냐, 만약에 면담을 거부하면 어떻게 할 거냐 등등. 한참 이야기를 들으니 마음 한편에 두려움이 생기기도 했다. 하지만 경찰학교에서 훈련받고 나온 지 얼마 안 된 지라 두려움보다는 사명감, 책임감 같은 마음이 더 컸다. 나는 잘하고 오겠노라며 다부진 말을 남기고 경찰서로 향했다.

그런데 지금까지 만난 수백 명의 피의자 중 첫날 만났던 피의자가 가장 강한 인상의 소유자였던 것 같다. 유치장에서 나와 내 앞에 떡 있는데 순간적으로 신배들의 밀이 뇌리를 스쳐 갔다. 그래도 의연한 척 앉아 내가 어떤 일을 하는 사람이며 왜 만나러 왔는지 설명하니 그는 어렵지 않게 동의한 후 면담하겠노라고 했다. 그리고 지금까지 한두 명 빼고는 면담을 거부한 피의자가 없으니 나는 여러 가지로 운이 좋은 편이다. 그 한두 명도 전면 거부라기보다는 자신에게 어떤 도움을 줄 수 있는지 저울질해보려는 의도의 거부였으니 사실 한 명도 없다고 해도 과언이 아니겠다.

타 청에서 근무하는 동기들의 상황도 다르진 않았던 것 같다. 각 지방청에 발령받아 근무하던 중 본청에 회의가 있어 다 같이 모였을 때, 필요한 게 있으면 얘기해보라는 말이 떨어지기가 무섭게 '가스총을 지급해달라', '전기충격기를 지급해달라'고 했던 기억이 난다. 그렇지만 경찰 장구를 개인이 소지할 수 있도록 할 순 없는 일이고 필요하면 허가를 받아 가지고 나가야 하는데, 그때만 해도 사유를 기재하고 출고하고 하는 과정이 복잡한데다 선배들의 눈치도 보여 그렇게 하지 못했다.

그런데 지금 생각하면 웃음이 나오는 대목이다. 한 번도 위협하는 피의자를 만나본 일이 없기 때문이다. 그도 그럴 것이 이미 검거되어 유치장에 있으면 경찰관들에게 위협적인 행동을 해서 본인에게 유리할 게 없다고 판단하기 때문에, 특이한 몇몇 경우를 제외하곤 그런 일은 거의 일어나지 않는다. 물론 그럼에도 불구하고 개인

안전을 위한 준비는 늘 필요하다.

사실 프로파일러들은 기본적으로 상담가의 마인드가 있어서 라포(Rapport, 면접자와 피면접자의 상호 신뢰 관계)를 형성하는 데는 도사들이다. 그래서 사실 면담이 험악한 상황으로 가는 경우는 더욱 흔치 않다.

큰 도움이 된 상담 공부

어려움은 이뿐만이 아니었다. 예전에 비하면 최근엔 살인사건이 그리 빈번하게 발생하지 않고(강력범죄 중 살인사건 발생 건수는 10년 전만 해도 연간 70~80건이었으나 최근 1~2년은 40여 건에 그쳤다), 과학수사요원들의 근무 시스템도 바뀌어서 새벽에 불려 나갈 일이 많지 않다. 하지만 당시엔 살인사건만 나면 늦은 밤이나 새벽 시간에 상관없이 출동해야 했고, 목욕탕에 갈 때도 카운터에 휴대폰을 맡기고서 전화가 오면 불러달라고 신신당부하기도 했다. 선배들과 함께 현장에 가야 했기 때문에 늦으면 엄청 눈치가 보였다. 결국 발령받고 나서 1년 만에 지방청과 가까운 집으로 서둘러 이사하기도 했다. 선배들보다 빨리 출동하기 위해서였다.

현장에 도착하면 현장 내외부를 살피는 것은 물론, 시체를 자세히 들어디보고 어느 쪽에서 어떻게 공격당했는지 상태를 면밀히 관찰해야 하는 일도 쉽지는 않았다. 사건이 발생한 직후 발견된 현장은 그래도 나은 편이지만, 하루 이틀이 지나 시체가 부패하기 시작했거나 훨씬 시간이 지나고 나서 신고돼 고도 부패가 일어나면 상황은 더 어려워졌다. 이러다 보니 친정 부모님이나 가족들이 아이를 키우면서 계속 근무할 수 있겠느냐, 너무 힘들지 않겠느냐며 반대도 만만치 않았다.

그렇지만 상담 공부를 할 때 상담실에서 접하는 문제와 나를 떼어놓는 연습을 해서인지 현장을 둘러보고, 아침부터 저녁까지 사건 사진을 들여다보고 하는 일들이 힘들게 느껴지지는 않았다. 밤마다 꿈에 나타나거나 하지 않고 그냥 업무로 분리되는 느낌이었다. 가끔 감정이 너무 메말랐나 싶을 정도였다. 누구나 언젠가는 죽게 되는데 다만 억울하게 죽은 사람들이니 어떻게든 그 억울함을 해결해줘야겠다는 생각이 더 커서 그랬을지도 모르겠다.

프로파일링이란 무엇인가

국내외의 일부 드라마에서 그려지는 것처럼 현장에 임장(어떤 일이나 문제가 일어난 현장에 나가는 것)하는 일부터 사건 분석 후 범죄자를 직접 추적해 검거하는 일까지 모두 프로파일러가 담당하지는 않는다. 프로파일러는 사건 담당 수사팀에 다양한 형태의 정보를 제공하는 지원 업무를 맡는다고 생각하면 맞을 듯하다. 현장 없이는 분석이 불가능하기 때문에 현장을 감식하는 직원들보다 더 자주 현장에 가보기는 하지만, 그렇다고 해서 직접 수사를 진행하지는 않는다.

용의자의 유형을 분석하는 일은 물론이고 그들의 행동과 진술분석, 심리면담, 사건 관련자들의 진술 신빙성 평가, 신문전략 제시 등

세부 사항과 관련해 실질적인 도움을 준다. 즉 실무자 입장에서 프로파일링은 '과학적인 방법을 동원한 범죄행동 분석 보고서 작성'과 '전문가의 조언을 제공하는 강력사건 수사 컨설팅'이라고 정의할 수 있다. 한마디로 사회과학적 방법으로 사건 해결을 지원하는 수사기법의 한 종류라고 하겠다.

프로파일링의 전제는 '모든 사람의 성격은 다르며 각 성격의 핵심은 변하지 않는다'는 것이다. 그리고 범죄 현장에는 범죄자의 성격이 반영된다. 범행 수법은 시간이 지남에 따라 바뀔 수 있지만 인증(Signature)은 일관성과 반복성을 띤다. 흔히 사람은 고쳐 쓰는 게 아니라는 말은 심리학이나 범죄학을 배우지 않은 어르신들이 경험을 통해 깨달은 사람의 속성을 이야기하지 않나 하는 생각이 든다.

대학에서 관련 학문을 전공했다고 해서 배운 지식을 현장에서 그대로 적용하기란 쉬운 일이 아니다. 사건마다 성격이 다르고 하는 일도 다양하기 때문에 실무에 익숙해지기 위해서는 한동안 여러 훈련을 거쳐야 한다. 먼저 발전된 미국이나 캐나다보다 우리나라의 프로파일링 능력이 뒤진다고 생각하지는 않지만 체계적인 교육 훈련 시스템 면에서는 아직도 가야 할 길이 멀다.

그렇다 보니 프로파일러가 되면 현장에서 부딪치면서 배워야 할 일이 많고 의사나 상담가의 경우 경험이 많은 사람의 대처 능력이 뛰어나듯, 프로파일러도 여러 사건을 다루어본 사람의 직관력이 빛

을 발하는 순간이 많다. 또 광역 범죄 분석 회의 경험이 많은 사람
일수록 사건을 통찰하는 혜안이 생기기도 하는 것 같다.

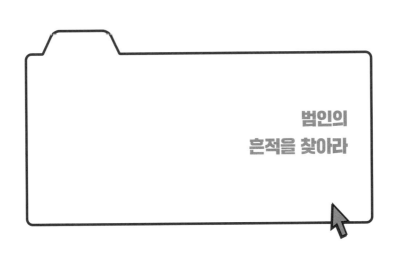

범인의
흔적을 찾아라

프로파일링의 업무 영역은 크게 사건분석과 수사면담으로 나눌 수
있다. 사건분석에는 용의자 프로파일링, 지리적 프로파일링, 연관
성 프로파일링, 진술분석, 신문전략 지원, 심리부검 등이 속한다고
할 수 있다. 수사면담에는 면담기법을 통한 자백 확보, 범죄행동
분석, 심리검사, 추가 수사를 위한 신문전략 지원 등이 포함된다.
일반적으로 용의자 프로파일링이 전부라고 생각하는 것과는 달리
10여 년 전에 비해 프로파일링의 업무 영역이 점차 넓어지고 있는
추세다.

용의자 프로파일링

용의자 프로파일링은 범죄 현장에서 발견된 유형의 증거 이외에 무형의 증거를 찾기 위해 현장에 남겨진 행동증거를 수집하고 분석하는 것이 기본이다. 범죄자의 특성을 파악한 후 용의자를 추론, 압축하여 범인 검거에 기여하는 수사기법이다. 앞에서 언급했듯이 범죄자를 특정하는 것이 아니라 범죄 현장에 나타난 요소들을 취합, 분석해 범죄행위를 할 만한 대상자의 유형을 설정함으로써 용의자 식별을 돕는 것을 의미한다.

지방청에 배명받아 처음으로 살인사건에 관한 설명을 듣던 한 사람이 "그래서 범인이 누구라는 거예요?"라고 질문했던 기억이 난다. 설명하지 말고 범인이 누구인지만 말해달라는 황당한 반응이었지만, 경험이 없는 내가 그 질문을 받고 당황해서 프로파일링 업무의 성격을 제대로 설명하지도 못했던 아픈 기억이 있다.

지리적 프로파일링

지리적 프로파일링은 범죄자의 거주지와 활동지가 어디고 다음 범죄가 일어날 곳은 어디인지 분석하는 시스템이다. 경험에 의하면 모든 범죄에서 예측이 가능하다기보다는 3건 이상의 연쇄 성범죄나 연쇄 방화가 일어났을 때 효과적인 분석이 이루어졌던 것 같다. 범죄 발생 장소와 관련된 정확한 지리적 정보가 있다면 활용할 수 있고, 시스템을 이해하고 적용하는 데까지 그리 많은 시간이 걸리지는 않는다. 1단계 분석은 시스템으로 거주지나 다음 범행지를 예측하는 것이고, 2단계는 1단계 분석을 통해 도출된 결과를 어떻게 활용할 것인지 토론하는 과정이라고 할 수 있다.

지리적 프로파일링은 통계적 검증법을 이용해 사회과학 분야에서 요구하는 수준의 과학적 방법론을 따르는 것이다. 따라서 통계 관련 지식을 가지고 있다면 빠르게 진행할 수 있고, 사회과학적 검증법에 관한 노하우가 있다면 다른 사람보다 이 영역을 쉽게 접목할 수 있다. 그래서 통계 프로그램을 다룰 줄 알고 시스템을 통해 나온 결과를 해석할 수 있는 능력이 요구된다.

연관성 프로파일링

연관성 프로파일링은 사건 간 유사성 및 차이점 등을 분석하고 동일범에 의해 일어난 사건인지 분석하는 것으로, 연쇄성이 있다고 판단되거나 이춘재 연쇄살인사건('화성 연쇄살인사건'으로 많이 알려져 있으나, 수사 결과 범행 지역이 경기도 화성에만 국한되지 않아 이 명칭으로 변경하기로 함)처럼 피의자가 자백할 경우 자백한 사건들의 연관성을 분석하는 데 활용된다. 가끔 교도소에 수감 중인 범죄자 중 추가 범죄를 자백했을 때도 연관성 프로파일링이 유용하다. 자백의 배경이나 목적을 고려할 때 신빙성을 부여하기 어려운 사건이라거나 사건과 연관성이 있다고 판단하기 어렵다는 결론을 도출한 보고서를 전달하는 경우도 종종 있다.

심리부검

2~3년 전부터는 심리부검을 또 다른 방식으로 활용하고 있다. 일반적으로 심리부검은 자살자 본인의 주변 환경을 분석하고 가족이나 친구 등 주변인들과의 면담을 통해 자살을 예방할 만한 요인을 찾아내고자 하는 과정이지만, 프로파일러들에게 심리부검은 조금 다른 업무이다.

프로파일링에서 심리부검은 강력사건에서 피의자나 용의자가 피해자가 자살한 거라고 주장할 때 가족, 친구, 직장 동료 등 참고인들을 면담해 그럴 만한 정황이 있는지 파악하는 것이다. 분석 결과 피해자가 살고자 하는 의지를 보였거나 일상적인 범위에서 벗어나지 않는 평범한 상대에서 죽음을 맞이했다면 다살 가능성을 염두에 두고 수사해야 하기 때문이다. 그러니 일반적인 심리부검과는 조금 차이가 있다고 하겠다.

이를 위해 수년간 심리부검 관련 교육을 받고, 보수교육(특정 분야의 자격 취득자에게 일정 기간마다 기술·기능 및 자질 향상을 도모하기 위하여 해당 자격의 변화된 내용과 정보를 제공하거나 보충하는 교육)을 통해 각 개인의 역량을 높여 왔다. 최근엔 심리부검이 하나의 영역으로서 사건의 실체적 진실을 규명하고 법정에서 증거로 채택되는 성과도 거두었다. 이 또한 일정 궤도에 진입하기 위해서는 개인적 노력과 교육 훈련이 병행되어야 한다.

진술분석

진술분석은 대상자의 언어적 태도를 분석하여 대상자가 사건에 대해 갖고 있는 태도와 심리 상태에 접근하고자 하는 것이다. 주로 SCAN(Scientific Contents Analysis)을 활용하는데, 이 진술분석 기법은 이스라엘의 전직 거짓말탐지기 검사관이었던 아비노암 사피르(Avinoam Sapir)에 의해서 개발된 거짓말 탐지 기법이다. 거짓을 말할 때 나타나는 문법적, 언어학적 특징들을 바탕으로 분석을 통해 진술에 잠재된 거짓의 가능성을 탐지하고, 일련의 과정을 관찰함으로써 범죄와 관련된 정보를 얻는 기술이다. 진술분석 영역은 분석에 사용되는 각 준거를 숙지하고 관련 사건을 무수히 접하고 난 다음에야 자신 있게 활용할 수 있다.

　프로파일링 업무 영역 중 이론만으로 가능한 부분은 없지만 진술분석도 많은 경험과 죄종별 노하우가 필요한 하나의 영역으로 이해해주면 좋겠다. 이를 위해 프로파일러들은 주기적으로 직무 전문화 교육을 받고 외부 전문가를 초빙해 교육을 진행하기도 한다. 재교육을 통해 내실을 기하고 재판 과정에서 어떻게 활용되고 있는지에 대한 정보를 획득하는 일도 중요하다.

신문전략 지원

신문전략 지원은 자백요인과 피의자의 성향에 따른 신문기법을 활용하는 영역이다. 피의자의 성향에 따라 객관적 증거를 제시하는 전략이 유용할 때도 있지만 피의자의 이야기를 경청하고 양심에 호소하는 방식이 적절할 때도 있다. 이 때문에 두 명의 수사관 중 한 명이 악역을 자청하며 역할극과 비슷한 전략을 짜기도 한다. 프로파일러가 초기 면담에서 이러한 의사결정을 하기는 쉽지 않다. 그래서 많은 경험과 훈련이 필요한 과정이지만 수사팀에 이런 전략을 제공할 수 있다면 조사 시 피의자보다 유리한 위치를 차지할 수 있다. 따라서 그 어떤 영역에서보다 프로파일러가 능력을 발휘해야 할 영역임은 틀림없다.

직접 면담이나 조사 모니터링을 많이 해본 프로파일러일수록 사건을 보는 안목과 전략을 세우는 일에 능숙하기 때문에 실제 사건을 경험하는 것이 가장 중요하다. 그렇지만 시도별로 사건의 양이나 질이 서로 달라 때로 녹화된 영상을 보면서 훈련하거나, 선배들에게 끊임없이 묻고 광역분석에 참여할 필요도 있다. '서당개 삼 년이면 풍월을 읊는다'고, 직접 사건에 참여하지 않는다 해도 다양한 방식으로 많은 사건을 접하는 간접경험도 안목을 키우는 데 도움이 될 수 있다.

신문전략은 심리학적 이론을 토대로 경험적 노하우를 발전시킨 기법적인 측면이다. 그러니 이론을 학습하고 사건에 어떻게 접목할지는 선배들과 함께 고민하면 될 것 같다. 대상자의 성격이나 성향이 천차만별이니 '이런 사람에게는 이러한 신문전략을 활용해야 한다'고 딱 잘라 말하기 어렵다. 그리고 사건이 진행되는 순서와 조사할 때의 분위기, 조사를 담당한 수사관의 성향도 고려해야 하기 때문에 사건마다 더더욱 다른 전략이 요구된다.

기본적인 지식 위에 어떤 집을 짓느냐는 문제는, 건축가가 집을 지을 때 기본 설계를 하더라도 작업이 진행되는 동안 수없이 수정하는 과정과도 견주어볼 만하다. 건축에서는 집주인의 요구를 고려해 소통하는 과정이다. 반면에 프로파일러는 대상자의 성향을 파악하고 수사관이 이를 바탕으로 사건을 성공적으로 마무리할 수 있는 다양한 전략을 수립해야 하기에 정말 쉽지 않다.

면담기법

면담기법은 심리 상태가 불안정한 피의자나 참고인, 용의자 조사를 지원하기 위해 각종 심리검사를 실시하고 결과를 해석해, 이를 바탕으로 면담을 진행하는 것이다. 피의자가 태어나서 프로파일러 앞에 와서 앉아 있기까지의 전(全) 행동(Total Behavior, 조직화된 행동을 포함하여 욕구를 충족하기 위해 하는 모든 행동)에 대한 정보를 획득하고 이를 바탕으로 범행 전·중·후의 행동을 분석하는 과정이다.

이미 검거된 피의자를 왜 면담하는지 궁금해하는 이들도 있다. 하지만 범행 동기를 명확하게 인지하고 있지 못하거나 범죄를 저지르지 않기 위해 무엇을 어떻게 해야 할지 모르고, 자신의 행동이 어디에서 시작된 것인지 궁금해하는 피의자의 숫자도 만만치 않다. 경찰 차원에서는 이 데이터를 축적해 이후 발생하는 범죄를 조기에

헤걸히는 데 목적이 있기도 하다.

프로파일러들의 전공은 주로 심리학이나 사회학이기 때문에 면담을 직접 진행해보지 않은 경우도 꽤 된다. 사회학 전공자는 면담 기회를 가지기가 쉽지 않고, 심리학을 전공했다 하더라도 상담 관련 세부 전공을 이수해야만 실제로 면담해볼 수 있기 때문이다. 그래서 처음엔 주로 선배 기수들이 면담을 진행하고 후배 기수들이 메모하는 형식으로 이루어진다. 면담을 마친 후 추가로 궁금한 사항이 있으면 후배 기수가 질문하는 정도로만 진행하다가 참여도에 따라 6개월에서 1년 정도의 기간이 지나면 직접 면담에 투입하게 된다.

물론 민감한 사건이라면 프로파일러 스스로 자신감이 생길 때까지 훈련된 프로파일러를 개입시키는 것이 바람직하다. 선입견을 갖거나 속단하는 것은 금물이지만 면담하는 프로파일러에게 사건에 대한 확신이나 자신감이 없으면 자칫 일을 그르치는 일도 발생할 수 있기 때문에 주의를 기울여야 한다.

프로파일러로 근무한 지 15년 차인 나도 사건에 대한 두려움은 아직도 갖고 있다. 판단을 잘못하면 무고한 사람을 법정에 세우거나 한 사람의 인생을 망가뜨릴 수도 있으니 신중에 신중을 기하는 것은 당연한 일이다. 작은 것 하나도 놓치지 않고 꼼꼼하게 보려는 노력, 혼자서가 아니라 여러 사람과 협업하여 사건을 해결하려는 노력이 중요한 것이다. 이렇다 보니 어떤 프로파일러가 사건에 투입되기를 꺼린다면 그 의견은 반드시 존중되어야 한다는 것이 내 생각이다. 나름의 이유가 있을 수 있기 때문이다.

해외에서 발생하는 한인 피살사건 지원

가끔 뉴스에서 접하는, 외국에서 발생하는 한인 피살사건에 투입될 때도 있다. 보통 현장감식, 영상분석을 하는 과학수사요원과 프로파일러가 함께 동원되는데 여건상 여러 명이 동참할 수 없다. 그렇기 때문에 사건이 발생했을 때 누구나 언제, 어디서든 대한민국 프로파일러로서 활동하기에 손색이 없도록 실력을 상향 평준화하고자 노력한다.

나는 필리핀 클락 지역 한인 피살사건과 마닐라 한인 납치사건에서 활동한 경험이 있다. 후자의 경우 현장에서 사건을 해결하고 돌아와 뿌듯하기도 했다. 일단 현장에 도착하면 현지에 파견된 한국 경찰관들의 협조를 구한다. 문제는 경력이 몇 년인지, 얼마만큼의 실력이 있는지를 묻지도 따지지도 않고 대한민국 프로파일러로서 업무를 수행하기를 요구하고, 현장감식이든 영상분석이든 닥치는 대로 처리해야 할 때가 많다는 것이다.

필요하면 현지의 한국 경찰관들에게 추가 수사를 권하고 이들과 함께 수사를 진행해야 하기 때문에 국내에서 사건을 맡을 때보다 몇 배의 부담감과 피로감이 따른다. 내가 해결했던 미닐라 한인 납치사건에서는 두 명의 프로파일러가 함께 파견되었기 때문에 성과를 낼 수 있었다고 생각하지만 다른 사건에서도 계속 좋은 결과를 얻을지는 미지수다. 매번 상황이 다르기 때문에 해외에서 발생하는 사건에 대처하기 위한 훈련은 디브리핑(debriefing, 현장에서 수행한 임무를 보고하고 그에 대해 문답 및 토론하는 과정)의 형식으로 이루어지고 있다.

결국 프로파일러들의 실력은 사건에 참여하는 경험과 비례하여 발전하기 때문에 어쩔 수 없이 도제식 교육이 많은 부분을 차지할 수밖에 없다. 그럼에도 불구하고 이런 교육이 체계적으로 이루어질 수 있도록 계속 고민하면서 시스템을 정비하고 있다. 이를 위해 경인권, 충청권, 경상권, 전라권 등 권역을 구성해 사건을 분석하기도 하고, 최근에는 권역을 넘어 사건 특성에 따라 필요한 인력을 구성해 여럿이 사건에 참여하려고 노력한다.

프로파일러에 관한
오해와 진실

일반 상식을 가지고 판단한다?

어떤 이들은 프로파일러가 마치 점쟁이인 양 설명을 길게 들으려고 하지 않고 "그래서 범인이 누군데?" 하는 식으로 프로파일링을 직감이나 심령술 같은 것에 의지하는 행위가 아닌가 하고 오해하기도 한다. 프로파일링이 경험을 중시한다 해도 직감만으로 수사를 지원할 수는 없는 일이다. 우리나라에서는 증거재판주의에 따라 객관적인 증거 없이 공소를 유지하기도 어렵다. 프로파일링도 증거, 논리, 추론에 근거해 사건 해결을 돕는다.

또 어떤 이는 프로파일링이 일반 상식에 기초한 행위가 아니냐는 의문을 제기한다. 여기서 이런 질문을 던져보고 싶다. '도대체 어떤 것이 일반 상식이냐'고. 우리가 일반적으로 '그 정도는 상식이 아닐까' 하고 생각하는 것들이 사건을 다루고 법을 집행하는 현장에서는 그다지 일반적이지도, 상식적이지도 않은 경우가 대부분이다. 어디까지를 일반적이고 상식적이라고 해야 할지 경계도 애매하기 때문에 '일반 상식'이라는 말로 모든 것을 설명할 수는 없다.

프로파일러는 타고난다?

또 다른 의문은 프로파일러가 되려면 타고난 재능이 있어야 하지 않나 하는 것이다. 결론부터 말하자면 프로파일링 능력은 타고나는 것이 아니라 교육에 의해 습득할 수 있는 '기술'이다. 지식과 경험과 훈련을 통해 끊임없이 실력을 갈고닦으려는 노력이 그 어느 분야에서보다 필요하다고 하겠다.

같은 것을 보고도 누구나 같은 생각을 하지는 않는다. 눈에 보이는 사건 이면에 존재하는 보이지 않는 증거를 찾고, 사건의 또 다른 가능성이나 실체를 볼 수 있는 안목도 결코 타고나는 것은 아니다. 지식을 바탕으로 한 경험과 훈련이 같은 것을 보고도 범죄와 관련해 숨겨진 증후를 발견할 수 있는 힘을 길러준다.

프로파일링을 먼저 시작한 미국이나 캐나다에서는 프로파일링의 효용성에 관한 논쟁이 있었다. 국내에서도 프로파일링이 정착되기 전에 대한민국에 프로파일러가 필요한가, 프로파일러가 어떤 일을 할 수 있는가, 프로파일러의 분석을 신뢰할 수 있는가 등등에 대해 여러 의견이 오고 갔다.

그러나 이렇게 생각해보자. 범죄 현장에서 지문이나 족적, CCTV 영상 등이 발견되지 않았다고, 디지털포렌식 결과 범죄와 관련해 이렇다 할 증거를 찾아내지 못했다고 해서 현장감식이나 사이버 수사의 효용성을 의심하지는 않는다. 단지 범인이 현장에 증거를 남기지 않기 위해, 완전범죄를 꿈꾸며 흔적을 없애기 위해 노력했다고 생각하며 다른 수사 방법을 고민할 것이다. 앞서 설명한 바와 같이 프로파일링도 사건의 특성마다 적용할 수 있는 기법이 다를 뿐이다. 자백을 받아내거나 범행 동기에 대해 명확한 진술을 확보하지 못했다고 해서 프로파일링의 효용성을 의심할 수는 없는 일이다.

최근에는 프로파일링을 접목할 영역이 점점 증가하는 실정이기도 하다. 상식적으로 이해하기 어려운 동기로 인해 벌어지는 범죄, 심지어 범죄자 자신도 왜 그랬는지 제대로 파악하지 못한 사례가 늘어나고 있기 때문이다. 따라서 강력사건의 발생 건수가 감소하고 있음에도 불구하고 프로파일러를 필요로 하는 곳이 많아지고 있다.

이쯤 되면 프로파일링이 과학인지 예술인지 의문을 제기하고 싶은 마음이 들지도 모르겠다. 프로파일링은 과학적 지식을 기반으로 한다. 더불어 심리학, 사회학, 상담학, 통계학 등의 학문 분야와 맞닿아 있다.

예술적 측면을 굳이 언급하자면 수사는 '종합예술'이라고 할 수도 있겠다. 오랫동안 강력사건을 수사한 개인의 직관력과 디지털포렌식과 같은 사이버 수사, 프로파일링을 비롯한 인문사회학적 수사 지원, 거짓말 탐지, CCTV, 형사들의 발품 수사가 제대로 어우러질 때 '범인 검거'라는 성과를 가져올 수 있다.

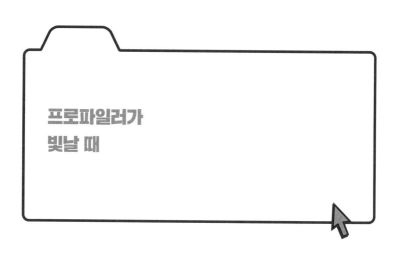

세종 자살 위장 살인사건

어려움 속에서도 최근 프로파일러의 활동은 언론을 통해 접하는 것 이상의 성과를 거두었다. 2018년에는 충남 세종서 관내에서 일본 오사카 여행 중 자살로 위장한 살인사건이 있었다. 피의자는 아내의 사망보험금을 노리고 혼인 신고한 지 10일 후 신혼여행지로 일본을 방문했고, 숙소에서 아내의 양팔에 니코틴액과 과산화수소를 주사해 살해한 다음 자살로 위장했다. 광역분석이 이루어진 후 심리부검 및 면담 보고서를 작성했다. 그리고 이 보고서들은 법원에서 증거로 채택되었다.

2018년 1월 밀, 진술분석을 통해 참고인 및 피의사의 진술에서 모순점 등을 파악하고, 피해자 자살 가능성 평가 등을 바탕으로 수사 착안 사항을 제시했다. 그리고 2월 말부터 3월 초까지 2차 분석으로 심리부검 보고서를 작성했다. 피해자 주변의 11명을 면담한 결과, 가족 사이에 갈등이 있긴 했지만 심각한 자해 행동은 피의자와의 갈등에서 비롯된 것이었다. 따라서 신혼여행 도중에 자살할 위험은 없었던 것으로 평가했다.

여기서 멈추지 않고 3월에 피의자를 검거하고 나서 신문지원이 진행되었다. 피의자와의 면담을 통해 범행을 저지를 계획이 있었다는 진술을 확보했다. 또 범행을 부인하던 피의자가 '자살 방조'로 태도를 바꾸면서 이를 바탕으로 자백을 확보하기 위한 전략을 수립하고, 수사팀을 지원할 수 있었다. 그리고 3월 말, 피의자와의 심층 면담과 사이코패스검사(PCL-R)를 바탕으로 종합 보고서를 작성했다.

프로파일러가 사건을 지원한다고 하면 흔히 일회성 지원을 상상하기 마련이다. 미국 드라마 〈CSI〉 시리즈에서처럼 단 몇 시간 만에 프로파일러가 현장에 출동해서 증거를 수집해 범인을 특정하고 검거까지 한다고 생각하는데 현실과 너무 동떨어진 이야기다. 프로파일러들이 현장에 나가기는 하지만 직접 범인을 검거하러 가지는 않는다.

울산 동반자살 위장 성추행 사건

또 하나의 성과는 2018년 8월경 울산에서 일어난 동반자살 위장 성추행 사건이다. 이 사건에서도 광역분석으로 수사를 지원했고 프로파일러들이 작성한 종합 분석 보고서가 증거로 채택되었다. 피의자는 메신저 비밀 대화방을 통해 알게 된 피해 여성에게 동반자살을 권유했고, 같은 달 피의자의 주거지 안방에서 수면제를 복용한 뒤 번개탄을 피워 자살을 시도했다. 하지만 다행히 연기 냄새를 맡은 위층 주민의 신고로 미수에 그치고 말았다.

2019년 1월 울산지방법원 판결문을 보자. "피고인이 자살을 빙자하여 성범죄 대상을 물색하거나 자살을 시도하는 과정 중에 성범죄를 시도하였을 가능성이 높아 보이는 점, (…) 다만 피고인이 이 사건 각 범행을 자백하고 자신의 잘못을 깊이 반성하고 있는 점, 피해자에 대한 자살방조 행위가 다행히 미수에 그친 점, 피고인이 만성적 우울에 기반하여 자살 충동에 매몰되어 있는 상태로 평가되었고, 실제로 자살을 시도하는 과정에서 다소간 우발적으로 강제추행 범행을 저지른 것으로 보이기도 하는 점 등은 피고인에게 유리한 정상"이라는 부분은 프로파일러들이 작성한 보고서를 그대로 인용했다.

'뭘 이런 걸 성과라고 하나?' 하는 생각을 할 수도 있다. 그러나 프로파일러는 죄가 있는 사람과 그렇지 않은 사람을 구별하고, 죄가 있다고 판단되는 사람에게 죄에 상응하는 벌을 받고 기소를 유지할 수 있도록 하는 것이 임무이기 때문에 가장 큰 성과라고 할 수 있다.

그동안은 눈앞에 보이는 업무를 처리하고 경찰의 일반 업무까지 병행하느라 정신없었는데 전문가로 인정받으면서부터는 또 다른 고민이 생겼다. 공판 절차에서 프로파일링 업무의 역할과 위치에 대해 다시 한번 생각하게 된 것이다.

프로파일러에 도전하고 싶다면

어떤 일을 하거나 직업으로 삼으려면 자신의 적성에 부합하는지가 중요하겠지만 프로파일러라는 직업을 선택할 때는 특히 그렇다고 생각한다. 일에서 느끼는 피로감보다 심리적인 압박감이 더 크다면 쉽지 않은 일이다. 프로파일러의 업무가 적성에 맞는다면 자신의 전공을 살릴 수 있다는 큰 장점이 있기 때문에 소소한 어려움들은 이겨낼 수 있다. 경찰이 계급사회이긴 하지만 프로파일링은 전문 분야로 인정하기 때문에 높은 분들이 압력을 덜 행사하기도 하고, 다른 사람이 사실상 침범할 수 없는 영역이다. 그러나 가끔이긴 해도 큰 사건이 발생하거나 광역분석 일정이 잡히면 며칠씩 집에 들어가지 못하는 경우도 있어, 공무원의 안정적인 출퇴근과는 조금

기리기 있다고 힐 수 있다.

프로파일러의 자격 요건은 심리학, 사회학, 범죄학 석사학위 이상, 또는 학사학위 이상 소지자로서 관련 분야 2년 이상 근무(연구) 경력자이다. 국가기관, 지방자치단체, 공공기관에 준하는 기관에서 임용 예정직과 관련 있는 세부 직무 분야에서 정규직으로 2년 이상 전일제 근무(연구)한 경력이 있어야 하며, 학교 및 연구 기관 행정조교, 대학원 과정 등은 경력으로 인정하지 않는다. 일반직 공무원의 자격 요건에 연령 제한이 없는 것과는 달리 경찰공무원에 지원하려면 20세 이상 40세 이하이어야 한다. 제대군인은 복무 기간에 따라서 3세까지 연장된다. 그리고 모든 경찰공무원이 그렇듯 1종 보통면허 이상의 운전면허를 소지해야 한다.

현재 우리나라에서는 60여 명의 특채자가 선발되었고 프로파일링 분야에서 실무를 맡은 사람은 35명쯤 된다. 나머지 25명 중에는 유학이나 육아 문제로 휴직 중인 사람, 현장에서 시체 보는 일이 힘들어서 다른 부서로 이동한 사람, 아니면 아예 그만두고 다른 일을 하고 있는 사람도 있다.

어렵게 발 디딘 프로파일러계를 떠나기로 결심한 사람들도 있으니 프로파일러를 직업으로 선택할 때 신중할 필요가 있음을 더 강조하지 않아도 될 것 같다.

냉정과 열정
사이에서

프로파일러에겐 무엇보다 갖춰야 할 자질이 있다. 바로 사람에 대한 관심과 애정이다. 사건은 사람들과의 관계 속에서 발생한다. 누군가는 피의자로서, 누군가는 피해자로서 만나게 되지만 범죄와 사람을 분리해서 보고자 하는 노력을 기울이지 않는다면 쉽게 지치고, 사람에 대한 회의가 생겨 이 세계에서 떠나고 싶은 생각이 들 수도 있다.

다음으로는 사고의 유연성 및 개방적 사고를 들 수 있겠다. 아무리 경력이 많고 훌륭한 프로파일러라고 해도, 자신만의 세계에 갇히게 되면 분석 능력은 거기에서 멈춘다고 해도 과언이 아니다. 분석을 진행하다 보면 때로는 혹시 싸우고 있는 것이 아닌가 하는 생각이 들 정도로 어떤 영화나 드라마 속 장면에서도 볼 수 없는 치열한 토론이 오고 간다. 프로파일러 사이에서도 합의되지 않은 분석 결과를 내놓을 수는 없기 때문에, 의혹이 남지 않고 모두가 동의할 수 있을 때까지 토론이 계속된다. 잘 모르는 사람이 회의 과정을 본다면 프로파일러끼리 기 싸움을 하는 것은 아닌지, 서로 사이가 나쁜 것은 아닌지 하고 생각할 수도 있을 것 같다. 물론 토론이 끝나고 나면 언제 그랬냐는 듯 평정심을 되찾는 훈련도 아주 잘 되어 있다.

처음 분석 회의에 참여하는 후배 중에는 혹시라도 감정싸움으로 발전할까 봐 조마조마했다며 깜짝 놀랐다는 소감을 전하는 사람도 있다. 열띤 토론 과정에서 자기주장을 펼치다가도 상대방의 논리 전개를 들으면서 자신의 주장에 허점이 발견되면 바로 상대방의 의견을 받아들이는 자세도 필요하다. 뒤끝 있는 사람은 프로파일러 하기 어렵다는 농담이 나오는 이유도 바로 이 때문이다. 한 가지 쟁점에 대해 이런 식으로 토론을 이어가다 보니 새벽 2~3시까지 회의가 진행되고, 졸릴 틈 없이 시간이 휙 지나가버리기 일쑤다. 이미 눈치챘겠지만 의사소통능력이나 설득력은 프로파일러에게 어느 하나 버릴 수 없는 필수 자질이다.

만족스러운 분석 결과를 도출해냈다고 해서 프로파일러들의 의견대로 수사의 방향이 결정되진 않는다. 일단 수사팀 직원들이 참석하는 브리핑을 통해 담당 수사관들을 설득하는 과정도 프로파일러의 역할이다. 담당 수사팀에서 분석 결과를 확실히 이해하고 동의해야 수사에 집중할 수 있다.

예를 들어 분석 결과에 따르면 범인이 두 명 이상으로 최소 한 명 이상 공범이 존재하지만, 담당 수사팀에서는 범인이 한 명이라고 생각하고 수사를 진행 중이라면 수사의 내용이나 범위가 현저하게 차이 날 수밖에 없다. 그런데 면밀하게 분석하고 토론을 거친 결과 공범이 있다고 판단된다면, 프로파일러들끼리 진행하는 토론과는 조금 다른 방법으로 수사관들을 설득하는 과정이 요구된다. 설명을 듣지 않고 보고서만으로 이해하는 데는 한계가 있을 수도 있기 때문이다.

충분하게 설명하고 설득했음에도 불구하고 분석 결과를 받아들이지 못한다면 어쩔 수 없는 일이지만, 적어도 또 다른 가능성을 열어두고 수사할 수 있도록 단서를 제공하는 것은 매우 의미 있는 일이다. 지적 호기심이나 논리적 사고, 분석하고자 하는 열정과 능력, 보이는 것 이면에 존재하는 현상을 볼 수 있는 안목과 판단력 등도 필요한 자질이며 이 중에는 기르는 데 적지 않은 시간이 필요한 것도 있으리라 생각한다.

경찰에서 사용하는 통계 프로그램 등 각종 컴퓨터 프로그램을 능숙하게 다룰 줄 알아야 할 뿐만 아니라, 분석 보고서를 작성하는 기술도 기본적으로 필요하다. 때에 따라 짧은 시간에 일목요연하게 정리된 분석 보고서를 내놓아야 하는 경우도 있기 때문에 단축키 다루기 등의 기본적인 편집 능력은 개인이 갖추고 노력해야 할 부분이기도 하다.

가끔 프로파일링을 회의적으로 보는 지휘관(상사)를 만나기도 한다. 프로파일링이 과학을 기반으로 하는지, 그냥 주먹구구식으로 하는 것인지, 아니면 무슨 특별한 기법인지 등에 대해 의문을 제기하는 사람들이 아직도 있는 것이 사실이다. 결론부터 이야기하자면 분석 방법에 따라서 과학적이고 통계적인 시스템에서 답을 얻어내는 경우도 있고, 심리학적 이론을 토대로 쌓인 경험적 노하우가 발전되어 기법화된 것도 있다. 따라서 프로파일링은 범인을 특정하는 것이 아니라 그렇게 할 수 있는 단서와 방향을 설정하고 용의자의 폭을 좁히는 수사 지원이라는 표현이 더 적절할 듯하다.

잘 듣는 일이
가장 중요하다

후배들이 프로파일러로 입문해서 성장하는 과정과 관련된 이야기를 몇 가지 해야겠다. 경찰공무원, 그것도 자신이 하고 싶었던 프로파일러로 합격하고 나서부터는 그 기쁨 때문에 1년 정도의 시간은 훌쩍 지나가버린다. 경찰공무원에게 시보(어떤 관직에 정식으로 임명되기 전 실제로 그 일에 종사하여 익히는 일) 기간 1년 동안은 눈코 뜰 새 없이 경찰과 프로파일러 업무를 익히느라 다른 데 신경 쓸 틈도 없는 것 같다.

그러다가 2년 차에 들어서면 피의자가 검거된 경우에 이루어지는 면담도 진행하고 분석 보고서를 작성하는 데 한몫을 담당하며 실제 프로파일러가 된 기분을 맛보게 된다. 내가 1기 프로파일러로

들이있을 때보다는 업무 환경이 많이 나아지고 신배들도 있어서, 후배들은 생각보다 빨리 적응해 어느 정도 실력을 발휘하는 전문가의 위치에 올라서는 듯싶다. 늘 하는 생각이지만 후배들이 훨씬 잘하고 있어서 참 다행이다. 나아졌다고는 해도 아직은 프로파일러로서 활동해야 하는 환경이 그다지 만만치 않은데 말이다.

그렇게 3~4년을 재직한 후배들이 말 못 할 고민을 하다가 찾아오는 경우가 종종 있다. 휴가도 포기해가며 나름대로 열심히 공부하고 업무를 배우며 정신없이 지내왔는데 전문가가 되었는지는 잘 모르겠다는 것이다. 다른 동료들은 자백도 받고 피의자를 특정하기도 하건만 왜 본인만 성과가 없는지 고민한다. 자기만 너무 작게 느껴지고 뭐가 잘못됐는지 길을 찾지 못하겠다며 눈물을 보이기도 한다. 그러면 나는 살며시 웃어준다. 눈물 흘리는 후배 앞에서 미소 짓는 것이 이상하게 보이겠지만 그만큼 열심히 해왔다는 사실을 단적으로 알 수 있어서 그렇다. 고민의 깊이만큼 성장했음을 알기 때문이다.

이쯤 되면 누구의 도움 없이도 자신의 길을 찾아갈 때가 됐다고 생각해도 좋을 것 같다. 소통, 공유, 협력은 평생 잊지 말아야 할 가치지만 막다른 골목인 것처럼 헤매다가도 자신의 길로 돌아올 수 있는 힘이 생겼음을 나는 안다. 10년 넘게 근무한 나도 아직 사건을 앞에 놓고 고민해가며 공부하고, 논문이나 서적을 뒤적일 때가 많다. 내 팔자에 공부가 들었다고 하더니만 정말 공부를 끊임없이 해도 한계를 느끼는 것이 프로파일러의 길이다. 그렇지만 프로파일러에게는 그 어떤 공부보다 중요한 게 있다.

잘 듣는 일이 가장 중요하다

얼마 전 이해인 수녀님의 《그 사랑 놓치지 마라》라는 책에서 읽었던 한 글귀가 떠오른다. 시의 한 구절이었던 것 같은데 아침에 일어나면 '들어라, 들어라, 들어라', 그리고 밤에 잠자리에 들 때는 '들었니, 들었니, 들었니'를 되뇐다는… 어쩌면 프로파일러가 갖추어야 할 덕목 중 첫 번째도, 마지막도 잘 듣는 일인지 모르겠다.

잘 듣는 것! 경청이야말로 그 어떤 태도보다 중요하다. 모든 전략이 잘 듣는 것에서 출발한다. 대상자의 말도 잘 들어야 하고, 수사관의 말도 잘 들어야 하고, 선후배의 말도 잘 들어야 하고, 피해자가 살아 있다면 피해자의 말도 잘 들어야 하고, 안타깝게도 사망했다면 시체가, 사건 현장이 말하는 소리도 잘 들어야 한다. 현장에 답이 있다! 우리가 이를 잘 알아차리지 못하고 놓쳐서 해결이 미루어지는 일이 없다고는 못 하겠다.

신이 사람을 만들 때 말하기보다 많이 들으라고 귀는 두 개, 입은 한 개를 만들었다는데 이 글을 쓰고 있는 지금도 듣는 일을 세 을리한 것은 아닌지 반성하게 된다. 아니, 저녁 무렵 목이 잠기는 걸 보면 하나인 입으로 말을 많이 했음이 틀림없다. 그래서 부끄럽 지만 나아지려고 끊임없이 노력하고 있다.

말이 많아지면 실수도 많아진다고 흔히 말한다. 면담에서도 마 찬가지다. 대상자와의 면담을 통해 확신이 서는 경우도 많다. 말하 는 방식이나 태도도 문제지만 범죄행동과 관련된 설명이나 변명을 통해 결정적인 단서를 발견할 때도 있으니 듣는 일은 어느 면에서 나 중요하다.

프로파일러의 스트레스 대처법

프로파일러에겐 자신만의 스트레스 관리법도 필요하다. 순경 채용 면접관으로 들어가서 던지는 질문 중에 하나이기도 하다. 무슨 일 을 하든 꼭 필요한 요소이고 자기 관리 능력과도 관련된다고 생각 해서 하는 질문이다.

나는 수험 생활을 하면서 스트레스를 어떻게 관리했는지 물어본 다. 또는 면접 전에 받은 스트레스가 수험생으로서 겪은 가장 큰 압박감이리라 생각해 면접장에서 나가면 무엇을 할 계획인지 묻는다. 그러면 몇몇 수험생은 자신이 스트레스를 잘 받지 않는 타입이라며 질문을 피해가려고 한다. 경찰공무원 시험도 단번에 합격하기가 쉽지 않은 요즘, 수험생이 스트레스 없이 면접 자리에까지 왔을리 없다. 따라서 이 질문에 대해 한 번도 생각해보지 않았다면 스트레스 관리 능력이 부족하다고 볼 수도 있다. 최소한 그 정도의 대답으로는 그다지 높은 평가를 받기는 어렵다.

프로파일러도 마찬가지다. 광역분석을 할 때면 새벽까지 일하기 일쑤고, 브리핑까지 마치고 나면 기운이 쏙 빠진다. 그래서 분석이 끝나고 나면 가능한 한 활동적인 일을 찾아서 하려고 노력한다. 요즘엔 실내 스포츠의 종류도 많아져서 락 볼링, 실내 양궁, 다트 게임 등을 하며 한참을 웃고 떠들고 나면 복잡했던 분석 내용들을 어느 정도 떨쳐낼 수 있다. 물론 동료들과의 수다도 한몫한다.

스트레스를 풀려면 될 수 있으면 술을 마신다거나 잠을 자는 방법 말고 조금 더 활동적인 방법을 권하고 싶다. 꼭 그렇지 않더라도 평소에 해오던 것 말고 조금은 다른 방법이면 더 좋겠다. 숲길을 걸으며 나무나 풀과 대화하거나, 바람 소리에 귀를 기울이며 그냥 걷는 것도 좋다. 사람에 대한 관심이 프로파일링 업무에는 도움이 되지만 스트레스 관리를 위해서는 자연과의 교감이 사람을 편안하게 만드는 힘이 있는 것 같다.

마음을 다루는 일은 살아남는다

인공지능 AI의 등장으로 인간이 설 자리가 없어지는 건 아닌지 고민하는 목소리가 여기저기서 나온다. 그래서 2018년 〈국제 CSI 컨퍼런스〉에서는 'AI와 프로파일링'이라는 주제로 토크쇼가 진행되기도 했다. 어떤 직업이 살아남을지 파악해 발 빠르게 대응하려는 움직임도 있는 것 같다. 하지만 적어도 사람의 마음을 다루는 직업을 가진 사람들에겐 앞으로 할 일이 계속 늘어날 거라고 예상된다. 지금보다 더 많은 일이 생기리라고 확신하기 때문이다.

인공지능과 빅데이터 등의 등장으로 사람들의 사는 모습이 바뀌면 바뀔수록, 복잡미묘한 인간의 마음은 더욱 문제를 일으킬 것이다. 그러니 프로파일러는 참 괜찮은 직업 아닐까? 정말 한번 도전해볼 만한 일 아닐까? 최첨단 기술의 도움을 받아가며 일할 수 있으니 업무 환경은 더욱 좋아지는 대신, 좀 더 세심하게 주의를 기울여야겠지만 말이다.

프로파일러가 갖추어야 할 덕목으로 몇 가지를 더 제안하자면 내려놓고, 분리하고, 판단을 보류하는 습관을 들 수 있다. 상담 공부를 할 때 했던 훈련 중 한 가지 예를 들어보겠다. 우리 뇌는 참 신기하다. 잘 알기만 하면 절대 비효율적인 선택을 하지 않는다. 나쁜 결과를 뻔히 알고도 그런 결과를 불러올 선택을 하는 사람은 없지 않겠는가? 마치 컴퓨터 프로그램에 연산 정보를 입력시키듯 체계적으로 관리할 수 있다. 평소에 훈련만 잘 되면 자신도 모르게 효과적인 방향으로 선택하게 된다.

보통 뇌는 자신의 욕구를 충족시키는 방향으로 작동한다. 하지만 표면적인 욕구와 실제 욕구(Real Want)를 헷갈리는 경우가 종종 발생해 자신의 의도와는 다르거나 애매한 방향을 선택하게 된다. 표면적인 욕구와 실제 욕구를 구별할 힘을 기른다면 자신의 삶을 더욱 풍요롭고 행복하게 만들 수 있다. 욕구를 충족하기 위해서는 나에게만 만족스러운 선택을 하거나, 나도 좋고 너도 좋은 선택도 할 수 있다. 사람은 누구나 혼자서 살아가는 것이 아니기에 후자와 같은 선택을 했을 때 진정 '좋은 선택(Good Choice)'이 된다.

엄마 품에 안겨 있는 아이의 그림을 상상해보자! 아이는 엄마 품에서 너없이 행복할 테고 엄마는 그런 아이를 안고 있어 흐뭇한 얼굴이 아니겠는가? 그렇게 나와 상대방 모두가 만족스러워했던 기억을 많이 가지고 있는 사람은 그런 장면을 더 늘려나가기 위해, 또 매번 그런 선택을 하기 위해 노력하지 않을까? 어떤 관련이 있나 싶겠지만 이러한 과정을 통해 내려놓고 분리하는 연습도 가능해진다.

상담실을 방문하는 내담자들의 문제는 쉬운 게 하나도 없기 마련이다. '우울하고 죽고 싶다', '남편과 못 살겠다', '아이가 너무 속을 썩여서 포기하고 싶다' 등등. 그리고 이런 문제들은 한 번 상담한다고 해서 해결되지 않고 보통 10회 이상 상담을 이어나가는 경우가 대부분이다.

그런데 상담실에서 만났던 이런 문제를 모두 안고 집으로 돌아간다면 상담자는 원만한 대인관계도, 화목한 가족관계를 맺기도 어려울 것이다. 그래서 처음엔 짊어진 짐을 내려놓듯 상담실을 나갈 때 내담자의 문제를 문 안쪽에 내려놓는 연습을 한다. 문제를 내려놓은 후 다음 날 출근해, 전날 내려놓은 짐 중에서 그날 꼭 가지고 들어가야 할 문제만 집어 들고 들어가는 과정을 반복하는 것이다. 이게 될까 싶겠지만 놀랍게도 이런 연습을 반복하다 보면, 굳이 내려놓고 집어 드는 시늉을 하지 않아도 상담실을 나설 때 자연스럽게 가벼운 마음으로 귀가하게 된다. 그리고 이 과정이 일과 나를 분리하도록 돕는다. 바로 이런 것이 진정한 워라밸이 아닐지.

프로파일러는 일반 상담실에서와는 다른 사람들을 만난다. 때로 죄를 인정하지 않는 사람들과 신경전을 벌이기도 하고, 범죄 현장에 직접 가서 벌어진 일을 확인하고 보이지 않는 범행의 시작부터 끝까지 추론해야 한다. 상담실에서보다 더하면 더했지 스트레스의 정도가 덜하지는 않다. 그러니 일과 개인의 삶을 분리하지 못하면 사건 현장이나 피해자가 꿈에 나타나는 경험을 하게 되는 것이다.

일은 일하는 공간에서만 치열하게 생각하면 될 일이다. 그리고 이런 연습은 상담 공부를 한 사람만 실천할 수 있는 것은 아니다. 무슨 이야기인지 잘 이해하기만 하면 얼마든지 실천 가능한 일이다. 일과 나를 분리하고 지나치게 감정적일 때는 판단을 보류하기를 잘 해낼 수만 있다면 스트레스로부터 조금은 자유로워진다.

판단을 보류하는 일은 사실 쉽지 않다. 화가 나는 상황에선 나는 다 맞고 너는 다 틀린 것 같다. 아니 내가 틀렸다고 생각해도 인정하고 싶지 않다. 판단을 유보하고 상대방을 있는 그대로 바라보거나, 이러한 상황에서 벗어나기가 어렵다고 느낄 수 있다. 그런데 이렇게 생각하면 좀 쉬워진다. 내가 잘못했다고 인정하는 것이 아니라 판단 자체를 미루는 것이다. 관계는 한번 어그러지면 이전의 관계로 회복하기까지 적지 않은 시간이 필요하다. 그런데도 우리는 단 몇 초 만에 그동안 어렵게 쌓아놓은 관계의 탑을 부수고 괴로워하는 자신을 발견하게 된다.

이런 훈련이 프로파일링에서는 사건의 결론을 수정하는 데 도움을 준다. 사건이 잘 풀리지 않을 때는 처음부터 다시 분석해야 하는 경우도 생기는데, 결론을 너무 확고하게 굳히고 나면 자신의 틀을 깨고 나오지 못해 원점으로 돌아가지 못하기 때문이다.

3

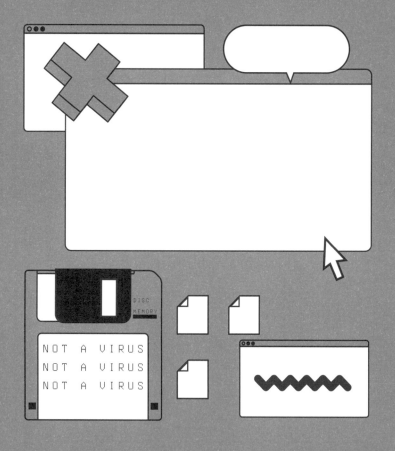

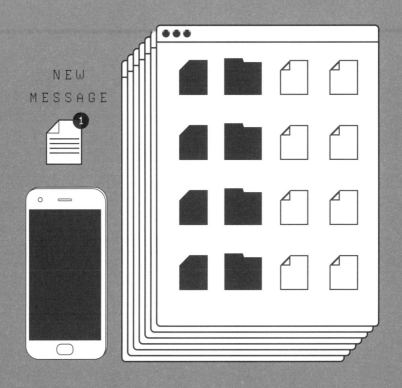

NEW
MESSAGE

사건이라는 사회의 민낯

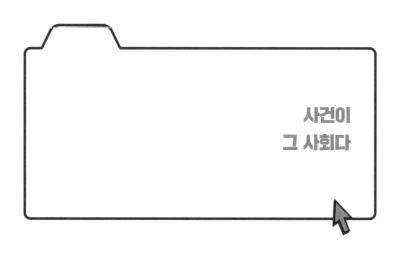

사건이
그 사회다

시대가 변하고 사회가 발전함에 따라 범죄의 양상도 변화한다. 예전엔 사람이 많은 곳에서 발생하는 소매치기 등의 범죄가 유행했지만, 지금은 다른 형태의 절도와 사기가 빈번히 일어나고 있다. 또 컴퓨터나 휴대전화를 이용한 범죄 등 과거엔 상상하기 힘들었던 범죄들이 나타나곤 한다.

사람들이 생활하는 곳에선 어디든지 이런저런 갈등이 있기 마련이고 사소한 폭력에서부터 절도, 강도, 살인에 이르기까지 다양한 이유로 범죄가 발생하게 된다. 하지만 수법이나 유형, 자주 일어나는 범죄의 양상은 시대의 흐름에 따라 조금씩 달라지는 것 같다. 보이스피싱을 비롯한 피싱사건과 사이버상에서 이루어지는 사기사건은 아마도 예전엔 떠올리지 못했을 유형의 사건들인지도 모르겠다.

과학이 발달하고 생활이 편해지는 만큼 범죄도 빠르게 진화하고 양상이 바뀌고 있는데, 예방하고 교육하고 대처하는 방법은 그 속도를 따라가지 못하는 느낌이다. 계속해서 '소 잃고 외양간 고치는 격'이랄까? 범죄 연령은 낮아지고 범행 방법도 교묘해지는데 우리는 옛날과 같은 방법으로 가르치고 교화하려다 보니 문제를 근본적으로 해결하는 데 어려움이 있는 듯하다.

살인, 강도, 성폭력, 방화, 약취유인 등과 같이 죄종별 발생 빈도를 비교해 그 결과로 사회를 진단하고자 한다면 무리가 있다. 이런 죄종과 관련된 범죄들은 예전부터 있었고 지금도 여전히 벌어지고 있는 상황이다. 수법면에서 좀 더 정교해졌다는 차이만 있으려나? 이런 범죄를 누가 저지르고, 어떤 사람을 대상으로 하는지, 왜 또는 어떤 양상으로 발생하는지 살펴보는 것이 사회를 진단하는 방법이라고 생각한다.

어떤 대책을 세울 때 통계를 바탕으로 한다면 합리적일 수도 있지만 지나치게 숫자에만 의존하다 보면 본질에서 멀어질 가능성이 있다는 지적을 하고 싶다. 절도나 강도 같은 범죄는 CCTV 등의 설치로 빈도가 다소 줄어들었지만, 범인들은 사람들 눈에 띄지 않고 범행하기 위해 그만큼 공을 들이게 되었다. 그러니 과학의 발달로 특정 범죄가 감소했다고 결론짓고 최첨단 환경을 구축하는 일에만 몰두할 위험이 있다.

그런데 어떤 사람의 감정을 자극해 범죄행동으로 이어지는 범죄들은 앞서 살펴본 바와 같이 그 어떤 현대적 장치에도 불구하고 계속해서 발생하고 있고 폭력의 정도도, 살해나 유기하는 방법도 더 끔찍해지고 있는 것이 사실이다. 물론 이는 매스컴을 대하는 일반인의 입장에서 말하는 것이다. 실제로 범죄자의 입을 통해 나오는 말에선 그들이 나름대로 이유를 대기 때문에, 흉악하고 잔인하다고 흔히 일컬어지는 행위들이 모두 같은 의미를 갖지는 않는다. 프로파일러들이 모든 사건을 접하는 것은 아니지만 강력사건이나 사회의 이목이 집중되는 사건과 관련된 범죄자들은 대부분 만나게 된다. 이 때문에 국내에서 자주 일어나는 사건의 유형을 살펴보고 이를 바탕으로 우리 사회를 진단해보고자 한다.

어쩌면 이 책을 읽는 독자들은 이 장이 자신과 상관없는 문제라고 생각할지도 모르겠다. 그런데 이미 20~30년 전에 예견했던 일들이 지금 벌어지고 있다면 20~30년 후에 벌어질 일들에 대해 뭔가 준비할 수 있지 않을까 하는 생각이다. 그리고 당장 나한테 닥치지는 않더라도 다음 세대가 바로 경험할 일들이라면 우리 가족의 미래이기도 하니 전혀 상관없다고도 할 수 없다.

1980년대 말 중고등학교 시절, 대가족 사회에서 핵가족 사회로 변모하면서 발생하는 문제점 등을 사회시간에 토론했던 기억이 난다. 지금이야 '대가족'이니 '핵가족'이니 하는 용어조차 사용하지 않지만 아마 이때쯤 사회가 급격하게 변하기 시작했던 것 같다. 가족 여럿이 모여 생활할 때와는 다른 여러 양상이 나타나고, 그러면서 사람들의 인성(人性)에도 변화가 일어날 거라고 우려하곤 했다.

처음 발령받은 2006년부터 2010년 사이에 발생한 살인사건 가운데 아직도 미제사건으로 남아있는 경우가 꽤 있다. 전국적으로는 200건이 훌쩍 넘는 것으로 기억한다. CCTV 설치로 인한 인권 침해 등의 문제를 많은 사람이 지적하고 걱정하지만, 범죄 현장을 진단하고 생활 환경을 정비하고자 하는 노력 덕분에 살인사건이 미제사건으로 남는 경우가 적어진 게 사실이다. 그렇지만 살인사건 발생 건수가 크게 줄어든 것은 아니다. 단지 사건이 비교적 일찍 해결되고 조금 시간이 걸리더라도 미제사건으로 남게 되는 일이 거의 없을 뿐이다. 이제 빈번히 발생하는 강력사건의 유형을 살펴보자.

마지막 안식처가 사라지다, 가족 내 범죄

자주 발생하는 사건들 중 제일 먼저 떠오르는 것은 안타깝게도 가족 안에서 벌어지는 사건들이다. 앞서 핵가족화의 장단점을 이야기하던 내 중고등학교 시절에 제기된 우려가, '핵가족'이라는 단어 자체도 잘 사용하지 않는 지금에서야 어두운 이면을 드러내고 있는 것은 아닌가 하는 생각이 든다. 부부가 돼도 아이를 가지지 않거나 겨우 한두 명 정도 낳아 3~4인 가족으로 사는 것이 너무 자연스러운 일이 되었다. 우리는 '혼족', '혼밥', '혼술'이라는 유행어들에 이미 익숙해졌다.

맞벌이를 하지 않고는 생계를 유지하고 자녀들의 교육을 책임지기가 지금은 사실상 불가능하다. 부모의 귀가 시간이 늦어져 평일엔 같은 집에 살면서도 얼굴을 마주할 기회가 거의 없고, 주말에나 가족들과 눈을 마주치며 서로의 근황을 확인하는 일이 늘어났다. 이런 현실이다 보니 가족 간에도 소통이 제대로 이루어지지 않고 사소한 문제들이 오해의 씨앗이 되어 갈등이 심해지는 경우도 적지 않다. 그래서인지 가족 내에서 벌어지는 사건들의 발생 빈도가 높다. 경찰청에서 발행한 2018년 범죄 통계에 따르면 살인기수(살인이 완전히 성립한) 범죄자와 피해자의 관계는 친족인 경우가 가장 많았고(31.7퍼센트), 그다음 이웃이나 지인(14퍼센트), 타인(13.1퍼센트) 등의 순으로 나타났다.

#1 자녀가 부모를 살해한 사건

2017년 2월, 밤늦은 시간 전화를 받고 경찰서에 출동했다. 강력팀 사무실에는 젊은 청년이 겉옷 여기저기에 피를 묻힌 채로 앉아 있었다. 현행범으로 체포되어 온 듯 보였다. 안경을 쓰고 고개를 숙인 채 아무 말 없이 앉아 있는 모습이 얼핏 봐도 나이가 그리 많아 보이지 않았다. 현장에서 체포되었고 자신의 범행을 인정하긴 했지만 그 이상은 이야기하지 않아 검거되었음에도 불구하고 프로파일러를 부르게 되었다고 설명했다.

보통은 용의자 신분이기도 하고, 모든 정황으로 보아 범인임이 틀림없는데도 범행을 부인하는 경우가 아니라면 피의자를 굳이 조사 전에 면담하려고 하진 않는다. 특히 후자의 경우 피의자 면담을 담당 수사팀에서 달가워하지도 않는다. 자신이 인정하는 혐의 외에 아무 진술도 하지 않으면 조서엔 매번 질문만 있고 답은 묵묵부답으로 적어야 하기에, 어떤 이유로 범행에 이르게 되었는지 일단 말문을 열어야 한다.

신분증에 적힌 이름과 주민번호 이외에 범인에 대해 아는 정보가 없었기 때문에 아주 조심스럽게 면담을 시작했다. 이런 경우 일단 어떤 호칭으로 부르면 좋을지 묻는다. 살인이라는 범행을 저지른 것은 맞지만 그 이유를 듣기 전까지 속단할 수는 없는 일이고, 우리 모두가 그렇듯 사건 관련자라도 존중받기를 원하기 때문에 면담할 때 첫마디가 매우 중요하다. "제가 어떻게 불러드리면 좋을까요?"라는 질문에 범인은 대뜸 존댓말을 써주기를 요구했다. 이미 그렇게 하고 있는데도 그 부분이 가장 신경 쓰이는 것처럼 보였다. 아직 면담을 진행하지는 않았지만 왜 어머니를 살해하고 기회만 주어졌다면 아버지까지 살해하려는 무서운 마음을 먹게 되었는지, 범죄자 입장에서 뭐라고 말할지 예상되는 부분이 있었다.

불안해하면서도 경계하는 눈빛을 보이는 범죄자에게 "식사는 하셨나요?"라고 물으며 깍듯이 대하자 점점 방어벽을 허물고 자신의 이야기를 꺼내놓기 시작했다. 자신은 대학생이고 방학 중 실습 시간을 채워야 해서 약간의 돈을 받으며 실습 중이라는 것과, 며칠 전 자살을 시도했는데 부모님이 말려서 실패했다는 이야기 등등. 그리고 자신이 아스퍼거증후군으로 치료 중이라는 이야기도 털어놓았다. 사실 범죄를 저지른 직후이기 때문에 극도로 불안하고 불안정한 모습 이외에 특별히 문제행동을 보인다고는 생각되지 않았지만 아스퍼거증후군(만성 신경정신질환으로 언어와 사회적응의 발달이 지연되는 것이 특징이다. 정확한 원인은 알려지지 않았으며, 이 질환을 가진 환아들은 다른 사람들의 느낌을 이해하지 못하고, 고집이 비정상적으로 세다. 또 의사소통을 잘하지 못하고, 사회적 신호에도 무감각하며, 특별히 관심 있는 것에만 강박적으로 빠져드는 경향을 보인다)이라는 이야기를 듣고 나니 가족 간의 관계 형성에 문제가 있었으리라는 것을 짐작할 수 있었다.

표면적인 범행 동기는 며칠 전 방 창문으로 뛰어내리려는 자신을 부모님이 말리는 바람에 실패했고, 그때부터 자신의 마음대로 하려면 그들을 먼저 해치워야겠다는 생각에서 비롯되었다. 실습을 마치고 집으로 돌아오는 길에 문구점에 들러 공업용 커터칼을 구입해 주머니에 넣어가지고 왔다. 그러고는 어머니를 먼저 처단하고 아버지도 같은 방법으로 살해하려고 했는데 자신을 보자 겁을 먹고 집 안으로 들어오지 않아 실패했다. 원하지 않는 진로를 부모님 때문에 선택했고 사람들과 어울려 일하는 것이 너무 힘든데도 실습 시간을 채우기 위해 매일 출근해야 해서 너무 힘들었다고도 했다. 면담에서는 특별히 문제행동을 보이지 않았고 내용을 이해하기는 어려웠으나 나름대로 고민한 이야기를 끊임없이 꺼내놓았다.

살인행동, 그리고 살인 후 시체를 훼손한 과정은 너무 끔찍해서 생략해야 할 것 같다. 그렇지만 훼손행동에 대해서도 범죄자는 나름의 이유를 가지고 있었다. 자식이 죽으려고 하는데 부모가 말리는 것은 당연한 일 아니냐고, 그게 부모를 죽일 이유가 되느냐고, 정신적인 문제가 살인이라는 범죄로 이어졌는데 이것을 가족 간의 문제로 볼 수 있느냐는 의문을 제기할 수도 있으리라 생각한다. 그런데 가족 내에서 벌어지는 사건들은 범죄자가 말하는 한두 가지 이유만 가지고 이해하기는 쉽지 않다. 함께 생활하면서 다른 가족들은 모른 채 범죄자 혼자서 힘들어했을 오랜 시간이 있었을 것이기 때문이다. 처음엔 서운함이었을 감정이 점차 외로움, 서러움, 두려움으로 바뀌고, 급기야 분노와 원한으로 폭발해 살인으로 이어지기도 하는 듯하다.

앞서 언급한 사건은 특이해서라기보다는 가족 내에서 발생하는 사건은 얼핏 들어선 이해가 잘 되지 않는 경우가 대부분임을 설명하기 위해 소개했다. 날씨가 더운데 부모님 방에만 에어컨을 켜놓고 있는 게 꼴보기 싫어서 범행을 저지르기도 하고, 오락실에 가려고 1천 원만 달라고 했는데 부모님이 주지 않았다는 이유로, 평소에 바람을 피우거나 가족에게 불성실한 아버지가 자식인 자기에게만 성실하게 생활할 것을 요구했다는 이유로 살인에 이르기도 한다. 하나같이 기가 막힌 사연을 가지고 있는 사건들이다.

명절이 되면 프로파일러를 포함해 형사들은 긴장한다. 다른 범죄는 좀 줄어들지만 가족과 관련된 폭행이나 살인사건이 빈번히 발생하는 시기이기 때문이다. 명절 기간이 조용히 지나가기를 바라는 마음을 누구도 말하지는 않지만, 여전히 마음 한편에서 불안감을 내려놓지는 못하는 현실이다.

물론 자식에 의한 가족 내 살인만 있는 것도 아니다. 감히 아버지가 하는 말을 듣지 않고 대들었다는 이유로, 술을 마시고 들어와서는 잔소리를 했다는 이유로, 돈은 벌지 않고 하루 종일 만화책만 본다는 이유로 부모가 자식을 죽이기도 한다. 물론 이 경우에도 심리적 문제를 동반한 사건도 있다.

왜 '가족'일까

여기서 심리적인 문제행동이 왜 가족에게로 표출되는지는 되새겨볼 필요가 있다. 행복한 삶을 영위하는 데 필수 요소 중 하나가 인간관계라는 점에 이의를 제기하는 사람은 없을 것이다. 관계의 범위엔 다소 차이가 있을 수 있지만 좋은 사람과 어울려 담소를 나누는 것만으로도 우리는 큰 위안을 받는다. 그리고 가족이 가장 먼저, 가장 쉽게 관계를 형성하는 집단임에는 틀림없다. 그런데 맞벌이에 바빠 어린아이들만 놔두고 경제 활동을 하거나 갓난아이 때부터 아이를 타인의 손에서 양육하다 보니, 부모와 아이 사이에 제대로 교감이 이루어지지 않고 부모가 아이의 감정선을 따라가지 못하는 것은 아닌지 생각해봐야 한다. 물론 같은 환경에 노출된다고 해서 모두가 같은 선택을 하는 것은 아니다. 같은 뱃속에서 태어났더라도, 심지어 쌍둥이인 경우에도 각자 생각하는 방식이 다르고 같은 상황을 놓고도 다르게 인지하고 받아들인다.

감정이라는 게 참 희한하다. 감정을 느끼는 특정한 체계는 각자 가지고 태어나거나 환경의 영향으로 만들어지기도 한다. 어떤 사람은 같은 상황에서도 더 예민하고 과도하게 느껴 스스로 상처를 받기도 한다. 이런 모습으로 살아가는 이들이 바로 우리다. 어떤 상황에서 좀 더 예민하게 반응하는 감정의 과도함은 어려서부터 한 사람의 삶에 여러 형태로 영향을 끼치는 것 같다. 남들은 괜찮은데 어떤 사람은 작은 일에도 깜짝 놀라고 남들 앞에만 서면 긴장해서, 알고 있던 것도 잊어버리고 잔뜩 겁을 먹어 친구들에게 놀림의 대상이 되기도 한다.

이런 이유로 어떤 사람은 그러한 불안을 없애기 위해 더 열심히 공부해서 인정받고 성공하게 되기도 한다. 그와는 정반대로 끊임없이 좌절하고 놀림받다가 상처가 커져서 다시는 회복하지 못하고 자신 안으로 숨어버려, 대인관계에서 계속 문제가 생기는 경우도 있다. 때로는 이러한 요소들이 문제행동으로 나타나기도 하는데, 우울증이나 조울증 등으로 치료를 받다가 누적된 스트레스가 원인이 되어 부모를 살해하는 사건 등이 그 예다.

그렇다고 정신질환이 가족 내 범죄의 주요 원인은 아니다. 아니, 정신질환에서 비롯된 경우가 많다고 하더라도 범죄자들이 태어날 때부터 이런 질환을 안고 태어났다고 말할 수는 없다. 어떤 원인이 있기 때문에 우울, 조울, 불안, 공황장애 등과 같은 질환에 노출되지 않았겠는가? 우리 가족에겐 그런 문제가 생기지 않으리라고 누구도 호언장담할 수 없다. 가족 내 살인을 수없이 접하는 나도 우리 집에서는 일어날 수 없는 일이라고 자신 있게 말할 수 없는 이유다.

가족 내 살인이니 사회나 국가에겐 책임이 없다고 할 수도 없다. 누구도 이 문제에선 자유롭지 못하다. 가정이 사회가 되고 사회가 국가가 되는 것임은 우리 모두 알고 있다. 앞에서도 언급했듯이 범죄자들은 경제적인 이유, 도박 빚 등으로 인해 부모의 재산을 노리고 완전범죄를 꿈꾸며 살인을 저지른다. 물론 살인 후 실종 신고를 해서 마치 범죄자 자신이 저지른 일이 아닌 것처럼 꾸미거나 강도 살인으로 위장하는 경우도 있다.

이러한 섬 때문에 현상 상황을 살 살피고 꼼꼼하게 분석하는 것이 필수이기도 하다. 완전범죄란 있을 수 없다. 완벽하게 위장하려 해도 실수하기 마련이고 범인의 흔적은 현장에 남을 수밖에 없다. 그래서 오랜 시간이 지나지 않아 범죄자 대부분이 검거된다. 그런데도 순간적인 감정을 조절하지 못하고 살인이라는 중한 범죄를 저지른다.

최근 들어 '워라밸(Work and Life Balance, '일과 삶의 균형'을 뜻하는 신조어)'이라는 용어가 등장했다. 직장에서 '가족의 날'을 만들기도 하고 주말은 가족과 보내야 한다는 인식이 널리 퍼져 있음은 반가운 일이다. 가능하면 이런 분위기와 움직임이 더욱 확산돼야 한다. 모두의 인식이 전환될 때까지 국가 차원에서 독려하는 것도 필요할 터다. 특히 초등학교 입학 전인 자녀를 둔 직원들을 배려하고 자녀와의 시간을 알차게 보낼 수 있는 방법을 가르쳐야 한다. 사실 학교에서 했어야 할 일이지만 직원들은 이미 그 시기를 지났으니 사회가 이 교육을 맡아야 한다. 사랑하는 방법을 몰라서, 아이들과 시간을 보내는 방법을 몰라서, 행복해지는 방법을 몰라서 엉뚱한 선택을 하지 않도록 하기 위해서다. 앞서 언급한 적도 있지만 사람은 무언가를 잘 배우면 절대 비효율적인 선택을 하지 않는다. 이 때문에 사회적 비용을 감수하고서라도 투자할 가치가 충분하다.

통계청의 2020년 6월 인구 동향에 따르면 우리나라의 가임 여성

1인당 출산율이 1.3명이던 우리나라는, 2018년 0.84명으로, 이제 1명도 되지 않는 숫자로 떨어졌다. 미국은 1.78명, 영국은 1.75명, 그리고 일본도 1.44~5명 수준을 유지하고 있다. 상대적으로 봐도 우리나라의 출산율이 저조할 뿐만 아니라 장기적으로는 생산 가능 인구가 감소하는 문제점을 비롯해 여러 문제를 일으킬 수 있다. 정부에서 여러 형태의 출산 장려 정책을 마련하고 있지만 이렇다 할 변화가 나타나고 있지는 않다. 가족 내 범죄와 이러한 현상 사이에 무슨 연관이 있는지 의아할 수도 있겠지만 이에 대해서는 조금 더 설명하고자 한다.

#2 아동학대사건

가족 내 범죄의 또 다른 형태는 아동학대와 아동학대치사 사건이다. 앞서 제시한 사건이 자녀가 부모를 대상으로 저지른 살인이라면, 이번엔 부모가 자녀에게 행한 학대와 살인이다. 물론 의료기관이나 아동보호전문기관에 의해 조기에 발견되어 아이가 사망에 이르지 않는 경우도 있지만 발견 당시의 상태는 말로 표현하기 어려울 정도다.

아동을 학대해서 사망까지 이어지는 사건들은 주로 부모나 주

양육자에 의해 발생한다. 부모가 범인이라면 그들의 나이는 보통 10대 후반~20대 초반이다. 매우 어린 나이에 부모의 동의를 얻지 못하고 동거하며 아이를 낳게 되었거나, 동의를 구했다 해도 주변 으로부터 어떠한 도움도 받지 못한 상태에서 사건이 벌어지는 경우 가 많다. 한창 놀고 싶은 나이에 아이 때문에 발목이 잡혔다고 생 각하는 이들이 자신의 스트레스를 말 못 하고 힘없는 아이에게 해 소하는 것이다. 그 강도와 빈도가 점점 강해지고 잦아지다 보면 자 신도 모르는 사이에 아이는 누적된 폭행으로 사망에 이르게 된다.

2019년 10월, 손녀가 사망했다는 신고를 받고 현장에 도착했다. 아이는 얼굴과 팔다리 여기저기에 상처가 난 채로 이불에 싸여 상 자 안에 들어 있었다. 현장에는 애완견 두 마리도 있었다. 현관 입 구에 놓인 신발들은 개들이 물어다 아이가 있는 방에 가져왔는지 방 곳곳에 흩어져 있었다. 아이의 시체는 이미 부패가 진행된 상태 였고, 집 안에는 개의 배설물과 사료 따위가 가득해 쓰레기장인지 사람이 사는 곳인지 분간하기 힘들었다.

부모는 둘 다 10대였고 육아를 서로 미루다가 아버지는 PC방에 서, 어머니는 친구들과 어울려 지냈다. 집에는 가끔 들러 아이에게 우유만 먹이고 다시 외출하기를 반복했다. 그러던 중 며칠 동안은 집에 아무도 들르지 않았고 그 사이 아이가 사망한 것 같다고 했 다. 아이 엄마가 이 사실을 친구에게 말했고, 친구가 아이 할머니에게 전화하면서 사건이 신고되었다. 갓난아이와 애완견을 같은 공간에 놓아둔 점도 이해되지 않았던데다, 아이의 이마와 팔다리에 있는 상처는 애완견이 물어서 생긴 것으로 보여 더욱 그렇게 느껴졌다. 부모는 나갈 때 애완견을 욕실에 가두고 나갔는데 문을 열고 나온 것 같다며 자신들이 집에 있을 때는 그렇지 않았다고 주장했다. 저조한 출산율에만 집중할 것이 아니라 낳은 아이들을 문제없이 잘 키울 수 있는 방안도 마련해야 하지 않나 하고 생각하게 되는 대목이다.

아동학대로 신고되어 처리되는 경우뿐만 아니라 갓난아기가 버려진 채로 발견되는 경우도 종종 있는 일이다. 또 보육원에 맡겨져 양육되거나 국외로 입양되는 경우도 꽤 있는 것으로 알고 있다. 이러한 부분은 개인의 문제일 수도 있으나 사회가 책임져야 하는 부분도 있음을 꼭 알아주었으면 좋겠다. 그리고 생각보다 많은 아이가 죽어가고 있음을 기억해줬으면 한다. 모든 생명은 존중되어야 하고 특히 아이들의 생명을 지키는 것은 어른들의 몫이다.

#3 성폭력사건

가족 해체와 관련된 또 하나의 불편한 사건은 가족 내 성폭력사건,

조금 더 확대하면 친족 간 성폭력사건이다. 매스컴을 통해 종종 비슷한 소식을 접하면서도 사람들 대부분이 인정하고 싶어 하지 않는 일이다. 그렇지만 이런 유형의 사건도 빈번히 발생한다. 친부나 친모가 아닌 경우에나 발생하겠지 하는 생각을 할지 모르겠다. 하지만 친부나 친모, 친남매, 삼촌 등 친족에 의해 일어나는 사건이 많은 것이 현실이다.

아마도 이 사건을 저지르는 주인공들은 폭력의 또 다른 형태로 성폭력을 선택하는 것 같다. 더욱 은밀하고 교묘한 방법으로 자기보다 약한 상대에게 씻을 수 없는 고통을 주는 것이다. 겉으로 드러내거나 신고하기가 쉽지 않다는 점을 악용해서 피해자를 오랜 기간 괴롭히는 경우다. 어릴 때 성폭력을 당한 피해자는 10년 이상 고민하고 힘들어하다가 성년이 되어 신고하거나, 오랜 괴롭힘을 더는 견디지 못하고 아주 어렵게 주위에 도움을 청해 사건이 신고되기도 한다.

성에 대한 호기심과 관심은 성장 과정에서 자연스럽게 경험하게 되지만, 문제는 성폭력이 또래집단에서 발생하는 가벼운 접촉 수준이 아니라는 것이다. 가해자는 별것 아니라고 생각해도 피해자는 당시의 기억 때문에 이성 교제나 결혼도 해보지 못하고, 평생을 트라우마에 갇혀 창살 없는 감옥에서 살게 되기도 하기 때문이다.

가족 내 성폭력은 성인에 의해 강압적, 지속적으로 이루어지는 아주 심각한 범죄다. 장기간에 걸쳐 행해지는데다 피해자가 신고하지 못하도록 범인이 온갖 협박을 가하거나 가족 중 또 다른 사람을 볼모로 삼아 신고를 늦추는 작전을 벌이기도 한다. 성폭력 범죄자들이 이야기하는 범행 동기는 더 기가 막힌다. 자신의 말을 잘 듣지 않는 아내를 혼내줄 목적으로 아이들에게 성폭력을 행사했다고 하는 사람도 있고, 성욕을 해소해야 하는데 돈이 없어서 업소를 방문할 수도 없으니 그럼 어떻게 하느냐고 반문하기도 한다. 심지어 예의범절을 부모가 가르쳐야 하듯 성(性)과 관련된 것도 아버지인 자신이 가르치려고 했는데 도가 지나쳤던 것 같다며 변명을 늘어놓기도 한다.

원인과 대책

가족 내 살인, 아동학대치사, 친족 간 성폭력 등과 같은 사건은 모두 가족의 해체와 관련된 사건들이고 주로 감정과 직결된 경우가 많다.

어른들의 관점에서 보면 '미운 네 살'이라는 말이 있을 정도로, 아이들은 성장하면서 말썽을 피우거나 산만해 보이기도 한다. 그러나 발달적 관점에서 보면 성장 과정의 각 단계에서 발달돼야 할 요소에 충실한 행동인지도 모른다. 아이들은 안전하게 성장하도록 잘 보살펴주기만 해도 바람직한 모습으로 자랄 가능성이 크다. 서기에 정서적으로 지지하면서 칭찬하고 힘을 보태주면 더욱 긍정적인 에너지를 발산할 수도 있을 것이다. 그런데 어른들은 통제하려고 하거나 압력을 행사하고, 때로는 폭력을 사용하면서 아이들에게 불신감이나 열등감과 같은 부정적인 감정을 계속 심어주고 있지는 않은지 반성해볼 일이다.

물론 아이를 키우면서 부모의 역할이 얼마나 어려운지 깨닫게 되는 순간이 많다. 내 결정이 아이에게도 맞는 결정인지 매 순간 헷갈리고 두려운 마음도 든다. 특히 영아기, 유아기, 아동기 초기엔 대화가 원활하지 않으니 더욱 그렇고, 이 시기 이후에도 하나의 인격체를 만들어내는 일은 매우 어렵다. 아마도 성장 과정에서 자신도 모르게 받은 상처 때문에 위축되고 자신 없는 태도로 삶을 살아가고 있는 사람도 많으리라 생각한다.

사건 현장에서 만나는 피의자들은 누적된 감정으로 인해서든, 순간적인 분노를 참지 못해서든 상대방과의 좋지 않은 감정을 강력사건으로 표출하는 경우가 대부분이다. 소통이 가장 잘 돼야 하는 사회의 최소 단위가 가족이라는 점에서, 이를 개인적인 문제로 치부할 것이 아니라 심각한 사회문제로 여기고 대책을 마련하기 위해 관심을 가져야 할 것이다. 가족 내 문제로만 생각하기엔 이러한 강력사건은 파급력이 너무 크고 재범 가능성도 배제할 수 없다. 또 가족 내에서뿐만 아니라 또 다른 사회집단에서도 다양한 형태로 발전될 수 있으므로 경각심을 가져야 한다.

거듭 이야기하지만 아동학대사건을 예방하려면 특히 미취학 아동의 발달 과정을 누구나 이해할 수 있도록, 초·중·고등학교에서 교양 과목으로 편성하기를 제안하고 싶다. 보육수당을 받기 위해서는 일정한 교육 과정을 이수하도록 의무 과정을 신설하면 어떨까? 돈을 받으려면 조건부 교육을 받을 것을 권고하는 데 대한 비판이 있으리라 예상되기도 하지만, 피해를 당하거나 희생되고 있는 아동을 생각하면 무리한 요구도 아니다.

출산율이 저조하다고 여러 정책을 펴면서 태어난 아이가 죽어가는 현실을 보고만 있어야 할까? 낳은 아이를 잘 키워내는 것도 중요하지 않을까? 이런 의미에서 결혼 전 부부교육과 부모교육은 아무리 강조해도 지나치지 않다는 생각이다. 가족 간 상호작용을 통해 상처를 주고받으면서 자녀는 부모에게, 부모는 자녀에게 위해를 가하는 상황은 다른 어떤 범죄보다 끔찍한 범죄일지도 모른다.

근본적으로는 개개인이 받은 인성교육이 문제겠지만, 성장 과정에서 부모나 주 양육자로부터 긍정적인 영향을 받지 못했다면 학교교육을 통해 이러한 상황을 만회할 기회를 얻을 수 있도록 도와주어야 한다. 학교교육을 통해서도 어렵다면 부모교육 프로그램과 같이 제2, 제3의 장치를 마련하기 위해 노력해야 할 것이다.

마음이 아픈 사람이 늘고 있다, 정신질환 범죄

두 번째 범죄 유형은 정신질환에 의한 범죄다. 어른들과 대화하다 보면 예전에도 어느 동네에서든 한두 명쯤은 제정신이 아닌 사람이 있었다는 이야기를 들은 경험이 있을지 모르겠다. 그런데 현대사회에서는 생각보다 많은 사람이 심리적 문제를 경험하고 있다. 평생 누구나 한 번쯤은 본인이 심리적으로 불안정하다는 생각을 해볼 정도로 많은 사람이 정신적 혼란을 겪고 있는 듯하다.

사회가 첨단화되고 사람들이 인터넷상에서 보내는 시간이 늘어나면서 사이버 공간에서는 해소할 수 없는 소통과 관련된 갈등이 존재한다. 직접 만나 서로 눈빛을 교환하고 감정을 느끼며 소통할 때의 안정감은 충족되기 어렵기 때문이다. 여러 정신과 의사가 정신질환을 앓고 있는 사람들이 반드시 폭력적이고 범죄 위험성을 가지고 있는 것은 아니라고 강하게 주장한다. 오히려 이들은 더 소극적이고 아무도 모르는 공간에 숨으려는 경향이 있기 때문에 폭력적인 성향이 있지는 않다고 말하기도 한다. 그리고 나도 일면 이 주장에 동의한다. 하지만 이러한 주장은 인권 탄압이나 강제 입원 등을 논의할 때 제기되는 의견일 것이다. 정신질환이 있는 모든 사람을 강제 입원시켜야 한다고 생각하지는 않지만 현장에서 일하는 경찰관들에게는 위험 요인 중 하나임은 틀림없다.

우리나라 성인 인구 4명 중 1명은 평생에 걸쳐 한 번 이상 우울, 불안 등 정신 건강 문제를 경험한다고 보고된다. 보건복지부가 실시한 〈정신질환 실태 조사〉에 따르면, 2016년 우리나라 성인 인구의 정신장애 평생 유병률은 25.4퍼센트로 1천만 명을 넘어섰고, 1년 유병률은 약 11.9퍼센트(470만 명), 그 외 알코올 사용 장애 12.2퍼센트, 불안장애 9.3퍼센트, 기분장애 7.5퍼센트 등으로 조사되었다. 정신질환이 있는 모든 사람을 입원 조치하고 완쾌될 때까지 보호하려고 한다면 장소와 비용이 만만치 않다는 점에서 현실적으로 불가능하다. 그리고 개인이 누리는 삶의 질에도 문제를 일으키기 때문에 이 사람들을 모두 격리해야 한다는 의견에는 동의하기 어렵다. 개인이 자신의 질환을 어떻게 하면 잘 관리할 수 있을지 함께 고민하고 이들을 이끄는 것이 가장 이상적이다.

정신질환 중에는 망상을 경험하는 질환들이 있는데 환각, 환청, 환시를 비롯해 여러 형태의 망상이 개인의 행동에 영향을 미친다고 보고된 사례를 발견하게 된다. 이들은 가족을 포함해 다른 사람에게는 말하지 못했어도 자신은 늘 감시당하고 있고 누군가가 매일 찾아와 귓속말을 하기도 하며, 행동도 조종당하고 있다고 말한다. 평소에는 잘 참고 듣지 않으려고 노력했는데 사건이 발생한 당일에는 시키는 대로 하지 않으면 죽을 것 같아서 어쩔 수 없었다고 말하는 경우도 있다. 또 유치장에 혼자 있지만 사실은 물방개들이 공간을 꽉 채우고 있어서 앉을 자리가 부족하고, 밤에는 제대로 누워서 자기도 힘들다며 제발 물방개들을 내보내줄 수 없느냐고 도움을 청하는 사람도 만난다.

간혹 범인이 정신질환이 있는 것처럼 연기해 치료감호소로 가기를 원하는 경우도 있어 검증하는 과정은 필요하다. 그러나 실제 정신질환으로 괴로운 나머지 범인이 범행을 선택했다면 다른 방향으로 고민해야 할 듯하다. 범죄의 나락에까지 빠지지 않도록 예방할 수 있는 방안에 대해 사회적 고민이 뒤따라야 할 부분이다. 범인이 이미 구속된 상태라면 치료감호소에서라도 적극적으로 치료받고 관리할 능력을 기를 수 있도록, 또는 관리받을 수 있는 시스템과 인프라의 도움을 받아 사회로 복귀할 수 있도록 조치해야 할 것이다.

외로움과 분노가 폭발하다, 묻지마 범죄

세 번째 유형으로는 묻지마 범죄를 들 수 있다. 묻지마 범죄는 초기에 '무동기 범죄'니, '이상동기 범죄'니 하는 여러 가지 용어로 불렸다. 그러다가 최근에는 '묻지마 범죄'라는 용어가 통용되고 있다. 범죄자들이 이야기하는 범행 동기가 비합리적인 경우도 있지만 나름의 이유를 가지고 범행을 저지르기 때문에 '무동기' 범죄라는 표현은 적절치 않은 것 같다. 누적된 개인적 스트레스가 원인이 되기도 하고 직장이나 가족 등 사회집단 속에서 쌓인 불만이 불특정 다수를 향해 표출되는 경우이다. 사회는 편리함을 향해 계속 발전하고 있지만 그러한 환경에 적응하기 위해서 개인의 스트레스도 그만큼 커지기에, 부적응 행동의 하나로 나타나는 것일 수도 있겠다는 생각이다.

'외로움'의 사전적 정의는 '혼자가 된 쓸쓸한 마음이나 느낌'을 뜻한다. 사회적 동물인 인간이 타인과 소통하지 못하고 격리되었을 때 느끼게 되는 감정이다. 지극히 주관적인 감정이라서 누군가는 바쁜 일상을 살아가기도 바쁜데 외로운 겨를이 어디 있느냐고 의문을 제기할 수도 있다. 그런데 달리 생각해보면 세상이 빠르게 변해가는 속도에 발맞추지 못하고 자신을 그 모든 것으로부터 떼어놓으면서 외로움을 느낄 수도 있지 않을까?

간혹 매스컴을 통해 '여성 혐오 범죄'나, '노인 혐오 범죄'에 관한 보도를 접하곤 한다. 그런데 사실 이러한 범죄는 여성이나 노인에 대한 혐오로 인해 발생한다기보다는 범죄자들이 범행 대상을 선정할 때 일반적으로 자신이 감당할 만한, 다시 말하면 자신보다 약한 상대를 대상으로 삼기 때문에 편향된 시각으로 비춰지는 건 아닌가 하는 생각이 든다.

피해자와 관련된 직접적인 동기 없이 사회를 향한 불만이나 개인적인 스트레스, 타인에 대한 분노가 범죄자와 특별히 관계가 없는 타인에게 전가되어 나타나는 범죄이기도 하다. 그 대상도 불특정 다수이고 형태도 다양하다. 피해자와의 상호작용 과정에서 촉발되는 것도 아니고, 범죄자가 경험하는 특수한 상황이 사건과 무관한 사람을 피해자로 만드는 것이다. 물론 이 유형에 정신장애를 가진 범죄자가 섞여 있기도 하다. 정신장애로 인한 범죄를 모두 묻지마 범죄의 유형으로 묶을 수는 없지만, 범죄자가 정신과 진단을 받은 경험이 없는 경우에도 정신장애가 의심되는 경우를 종종 발견하게 된다.

묻지마 범죄는 단순 상해나 방화, 살인에 이르기까지 다양한 형태로 나타난다. 검거 후 범죄자들이 피해자에 대한 정보를 가지고 있거나 원한 같은 감정을 드러내지는 않지만, 피해자로서는 트라우마를 평생 가져갈 수도 있는 심각한 범죄다. 지하철이나 버스, 공공장소 등에 폭발물을 설치하거나 커터칼을 들고 다니며 짧은 치마를 입은 여성의 다리를 긋는 경우도 있고, 공중도덕을 지키지 않는 사람들만 골라서 무차별적으로 폭력을 행사하기도 한다. 그리고는 조용히 자신이 사는 곳으로 돌아가거나 다니던 직장에 복귀해서 근무하기를 반복하다가 검거된다.

퇴근 후 집으로 돌아가는 길에 길거리에 있는 쓰레기더미에 불을 놓기도 하는데, 운이 좋아 초기에 검거되지 않으면 점점 대담해져서 재활용 쓰레기가 수북하게 쌓인 곳에 불을 붙여보는 등 더 큰불로 번질 가능성이 있는 곳에 불을 지른다. 그리고 나서 본인도 겁을 먹고 직접 119에 신고하거나 불을 끄는 장면을 감상하며 나름대로 쾌감을 느끼기도 한다. 물론 살인으로까지 연결되는 범죄도 꽤 있다. 자신의 분노나 스트레스를 조절하지 못하고 거리를 헤매

딘 중 누군가가 기분 나쁘게 쳐다봤냐는 이유로, 웃었냐는 이유로, 자신을 피하려고 했다는 이유로, 늦은 시간에 다닌다는 이유로 그들의 표적이 된다.

피해자로 선정되지 않기 위해서는 어떤 점을 조심하라고 이야기하는 사람들이 있지만, 사실 불특정 다수를 대상으로 삼는 이들의 레이더망을 피할 방법은 없다는 생각이다. 굳이 방법을 제시하라고 하면 아무런 이유 없이 시비를 거는 사람에게는 말을 섞으려고 하지 말고 얼른 그 장소를 피하라는 정도의 조언이 가능할지는 모르겠다. 하지만 묻지마 범죄는 범인을 조기에 검거하는 것이 유일한 예방법이기 때문에 가까운 지구대에라도 당시에 벌어진 상황을 자세히 신고하려는 시도는 중요하다.

내 사랑이 곧 네 사랑이니까, 데이트 폭력

마지막으로 데이트 폭력에 관해 언급해야겠다. 실제로 우리 사회에서 데이트 폭력은 지속적으로 발생했고, '데이트 폭력'이라는 용어가 사회 전반에서 쓰이기 시작한 시기는 2000년대 중반 이후이다. 매년 평균 9천 건 이상의 연인 간 폭력 사건이 발생하고 있으며 재범률 또한 76퍼센트로, 많은 피해자가 폭행당하고 나서 가해자의 용서를 받아들였다가 다시 폭력이라는 악순환에 빠지는 경우가 증가하고 있다.

좋아하는 사람끼리 짝이 되어 사랑의 감정을 품고 지내는 것은 아주 행복하고 즐거운 일 중에 하나일 것이다. 하지만 좋아하는 상대방에 대한 소유욕이나 집착, 사랑하는 사람의 행동이 자신의 이

싱(理想)에서 벗어나면 생기는 불만족스러움, 지루함, 서로 일치하지 않는 성적 욕망이나 가치관, 주변 환경과 같은 다양한 요소는 사람에 따라 갈등을 빚을 수 있다.

그렇지만 이러한 갈등을 합리적인 방법으로 해결하지 않고 폭력을 행사하기 시작하면 가해자와 피해자 모두에게 상처를 남기게 된다. 날이 갈수록 데이트 폭력의 수위가 높아지기에 이 범죄의 위험성이 더욱 커지는 것이 현실이다. 처음 사랑을 시작할 때는 관심과 사랑으로 느껴져서 그러려니 하고 넘어가던 것들이 애정의 수준을 넘어 집착하고 통제하려는 성향으로 발전하고 마는 것이다. 이런 부분을 한두 번 묵인하고 용서하다 보면 자신도 모르는 사이 엉켜버린 실타래처럼 도저히 풀 수 없는 상태로 빠져들게 되는 경우도 부지기수다.

같은 공간에 있지 않을 때 피해자가 내내 영상통화를 요구했기 때문에 자신도 상대방을 통제하고 관리하기 위한 수단으로 폭력적인 방법을 사용하는 것이 정당하다고 주장하는 경우도 보았다. 정상과 비정상의 경계를 일률적으로 판단하기 어려울 수 있지만 현재나 과거 연인의 과도한 집착에서 비롯된 물리적 폭행뿐만 아니라, 사진 및 영상 유포 협박 등을 받는다면 당연히 정상적인 수위를 벗어난다고 할 수 있다. 일반적인 폭행죄나 상해죄 외에도 강간이나 성추행과 같은 성범죄, 협박죄나 강요죄, 주거침입죄 등 여러 형사적인 범죄행위가 함께 발생할 수 있다. '폭력은 습관화된다'는 말을 들어봤는지 모르겠다. 장기적으로 데이트 폭력이나 가정 폭력, 상습 폭력에 노출되는 사람들은 가해자에 대한 연민, 두려움, 기타 사정 때문에 적극적으로 대처하지 못하고 있다가 자극적 상황에 익숙해지는 경우가 많다. 가해자 역시 자신의 폭력성에 무뎌지는 악순환이 반복될 수 있다.

유독 데이트 폭력에 '범죄자'나 '피의자'라는 용어 대신 '가해자'라는 단어를 사용하는 이유는 처벌이 약해서 '범죄자'라는 말을 붙이지 않는 경향 때문이다. 스토킹과 마찬가지로 데이트 폭력도 신고율이 저조하고, 신고했다가도 막상 조사하려고 하면 취하하는 상황이 자주 벌어진다. 사실 데이트 폭력은 그 어떤 범죄보다 삶 자체를 송두리째 뒤흔드는 경우가 많다. 그런데도 피해자는 연민이나 보복에 대한 두려움 때문에 가족이나 지인에게도 알리지 못한 채 혼자서 해결해보려고 하는 경향이 있다. 믿고 의지하고 사랑하던 사람이 가해자로 돌변했다는 사실을 받아들이지 않거나 행복했을 때 찍어놓은 동영상 등이 발목을 붙잡기도 한다.

사랑이라는 이름으로 포장한 폭력의 원인엔 여러 가지가 있겠지만, 상대를 존중하지 않고 소유하려는 성향이 가장 큰 문제라고 생각한다. 게리 채프먼의 《5가지 사랑의 언어》라는 책에 따르면 제1사랑의 언어는 사람마다 다를 수 있다. 그런데 '내 사랑의 언어'가

곧 '내 사랑의 언어'라는 칙긱이 집칙으로 변하고, 또 소유욕으로까
지 발전하는 것 같다.

가족 그리고
감정이 문제다

유형을 나누어서 살펴보긴 했지만 전체적으로 보면 '감정'과 관련된 범죄가 대다수라고 해도 과언이 아닌 듯하다. 어떤 국가보다 경제 성장 속도가 빨랐던 우리나라 국민은 앞만 보고 달리느라 상대방의 감정 따위는 헤아리지 못하고 살아오지는 않았나 하는 생각이다.

국내에서는 높은 스트레스와 낮은 행복지수, 그리고 취약한 사회적 안전망 등으로 인해 사람들 사이에 건강 문제가 계속 발생하고 있고, 삶의 만족지수는 5.8점으로 OECD 국가 중 최하위 수준이라고 한다. 스트레스가 낮고 행복도가 높은 사람들은 충격적인 사건이나 갑작스러운 위기 상황에 맞닥뜨렸을 때 유연함을 발휘할 수 있다. 흔히 '회복탄력성'이라는 말로 표현되는 마음의 근력이 뛰어난 것이다. 누구나 살면서 밑바닥까지 떨어지는 경험을 할 가능성은 있지만, 이럴 때 바닥을 치고 올라올 수 있는 힘이 얼마나 있느냐에 따라 살아가는 모습은 달라진다.

유형을 막론하고 범죄의 첫 번째 원인은 감정과 관련된 것이었지만 결국 그 모든 원인이 가족에서부터 시작되지는 않았나 하고 돌아보게 된다. '1차 사회집단', '운명 공동체', '피는 물보다 진하다', '팔은 안으로 굽는다'와 같은 말을 우리가 흔히 듣거나 쓰곤 한다. 우리 사회는 문화적으로 혈연, 학연, 지연 등 여러 개인을 공동체로 묶으려는 경향이 있고, 그중 가족은 유일하게 선택할 수 없는 사회적 공동체일지도 모르겠다.

나는 '모든 것은 선택이고, 그 선택에 대한 책임도 나 자신에게 있다'는 선택이론을 좋아하고 이를 바탕으로 한 현실요법이 사람을 치유하는 데 매우 효과적이라고 생각한다. 그리고 기회가 될 때마다 이를 적용하기 위해 여러 방식으로 노력한다. 대학생일 때 심리학을 만났고, 결혼을 하고 아이를 낳아 키우면서도 아이들이 어릴 때부터 선택이론을 자연스럽게 몸에 익힐 수는 없을까를 고민했다. 물론 교육학자나 심리학자가 자신의 아이를 망친다고 비난하는 책을 본 적도 있다. 그러니 내가 믿는 방법이 정답이라고는 할 수 없다.

대학원 시절, 관련 공부를 하다 보니 터득한 것들을 자연스럽게 내 아이에게도 적용하게 되었다. 아이는 이제 성인이 되었고 아직까지는 내가 잘 키웠는지, 그렇다면 내가 적용해본 선택이론 때문인지 확인할 길은 없다. 그냥 평범하게 잘 살고 있는 것만으로 감사할 뿐이다. 어쨌든 내 아이에게 직접 적용해볼 만큼 이 이론을 매력적으로 느꼈고, 지금도 그렇게 믿고 있는 것은 사실이다.

한 가지 당황스러운 점은 사회의 가장 근간이 되는 집단이 가족이고 개인이 안정적으로 발전할 토대도, 사회를 안전하게 만들 기초적 에너지도 모두 가족에서 나오는데, 문제는 우리가 속한 가족과 관련해선 선택할 수 있는 부분이 없다는 것이다. 지극히 단순한 이 진실을 단 한 번도 모순이라고 깊이 생각해보지 못했다. 어쩌면 너무 당연해서 그러고 싶지 않았는지도 모르겠다.

바꿀 수 없는 것을 극복하려면

범죄와 관련해 대한민국의 사회문제를 해결할 대안이 무엇일까를 고민하다가 문득 이런 생각이 떠올랐다. 도저히 선택할 수도, 맘에 안 든다고 쉽게 벗어날 수도 없는 사회집단이 가족이기 때문에 우리가 지금의 현실에 직면했는지도 모르겠다는 사실 말이다. 그렇다고 방법이 없는 것은 아니나. 낭연한 것을 낭연히 받아들이지 못하게 하는 각종 시스템 때문에 우리 앞에 감당하기 어려운 문제들이 가로막고 있는 것은 아닐까?

"우리 부모님은 내 스타일이 아니에요, 그러니 내가 원하는 스타일로 좀 바꿔주세요"라든지 "내가 원하는 오빠는, 내가 꿈꾸던 동생은 욕심 많고 뭐든지 자기 마음대로만 해달라는 그런 아이가 아니에요. 내가 원하는 오빠는, 동생은 이런 사람입니다"라고 단 한 번도, 어디에서도 말해보지 못했다. 부모를 비롯해 가족을 미리 살펴보고 마음에 드는 타입을 선택해서 태어날 수만 있다면 얼마나 좋겠는가? 그러나 절대 일어날 수 없는 일이다. 그러니 어떤 이들은 그런 마음이 들 때면 자기 자신을 죄인 취급하며 스스로를 질책하고 마음을 꽁꽁 숨겨야 했을지도 모른다.

그럼 지금부터는 무엇을 어떻게 할지 생각해보자. 내가 나인 것을 설명하기 어렵고 설명할 필요도 없듯이, 설명하기 어렵고 설명할 필요도 없이 받아들여야 하는 것들이 있다. 가족이 바로 그런 것 중의 하나다. 왜 지금의 아버지나 어머니가 내 부모인지는 누구도 명확한 답을 해주기 어렵다. 태어나고 성장하면서 자연스럽게 받아들였어야 할 것들이다. 그리고 미우나 고우나 내 가족이기 때문에 함께 책임져야 할 것들을 이해하는 마음이 필요하다. 지나치게 '나'에 집착하고 '우리'라는 것을 등한시하는 환경적 요인이 가족 안에서도, 가족 밖에서도 존재하고 있지는 않은지 살펴볼 일이다.

자연스럽게 길러졌어야 할 마음이지만 계속해서 갈등 상황에 놓인다면 지금의 나는 어떤 사람인지에 대해서 스스로 평가해보는 과정이 필요할 것 같다. 성인이 되기 전까지는 한 개인이 어떤 문제를 자각한다고 해도, 지금 우리나라의 사회문화적 분위기에서는 과감히 변화를 꾀하기가 쉽지 않다. 그러나 고등학교를 졸업하면서는, 성인이 되고 나서는 그럴 힘이 생기고, 잘 배우고 깨닫는다면 나를 변화시킬 기회가 충분히 있다고 믿는다. 아니, 본인에게 그런 힘이 있다는 사실을 각자 믿어야 한다. 믿기만 하면, 받아들이기만 하면 저절로 힘이 생긴다. 정말이다.

1차적으로는 우리 사회의 어떤 부분이 당연한 것을 당연하다고 배우지 못하도록 하는 것일까? 유교적 예의범절을 중요시하던 한국문화를 구태의연하고 답답하다고 평가하는 부분이 있다. 그러한 부분만을 강조하고 고집하는 것은 문제일 수 있지만 서로에게 사용하는 호칭, 인사법, 말투와 행동에 대한 규범을 익히게 한다는 점에서는 매우 유용하고 바람직한 문화이기도 하다.

모든 사회에는 상황에 따라 적절한 행동양식이 있다. 그리고 사회 구성원들이 이런 것들을 자연스럽게 익히고 받아들이도록 하는 과정이 반드시 필요하다. 그런데 과연 이런 역할을 지금은 누가 담당하고 있는 걸까? 과연 기본적인 인성을 기를 수 있는 기회가 우리에게 주어지기는 하는 걸까? 아니, 그럴 시간이 충분한지 다시 한번 점검해봤으면 좋겠다.

거대하고 다원화된 사회를 살아가는 우리는 전통사회보다 훨씬 다양한 상황에서, 다양한 사람을 만나면서, 다양한 인간관계를 경험한다. 그런데 현실에서는 인간관계에 한해서 예전보다도 배우고 익힐 기회가 더욱 줄어들지 않았나 하는 생각이 든다. 어쩔 수 없이 여러 상황에서 복잡한 네트워크를 형성하고 살아가는 현대인들이 매순간 적절한 인간관계를 유지하며 상황에 맞게 적응하는 일은 쉽지 않다. 가족 내에서만 생각해도 여성이라면 딸, 언니, 누나, 동생, 아내, 엄마, 며느리, 동서로서 행동해야 하고 직장, 동아리, 종교 단체 등으로 범위를 넓히면 다 열거하지 못할 정도의 역할이 주어진다.

프로파일러들이 사건을 통해 만나는 범죄자들은 인간관계에서 적절한 대처 방식이 무엇인지 더더욱 잘 모르고 격정적으로 반응하는 사람들이다. 그렇지만 어디 범죄자뿐이겠는가? 상대방이 내 말을 잘 알아듣지 못할 때, 내 의도와는 상관없이 무언가를 오해했을 때, 지금이라도 상황을 되돌리거나 진실을 말하는 것이 좋겠다는 판단이 설 때, 비록 상대가 나보다 어리거나 여러 가지로 부족한 면이 있더라도 내가 잘못했다고 생각하면 과감히 머리를 숙이거나 무릎을 꿇고 잘못했다고 말할 수 있어야 하지 않을까?

코로나 사태로 학교에도 가지 못하고 사회적 거리 두기, 생활 속 거리 두기를 하고 있는 지금의 현실이 우울하기는 하지만 이런 현 상황이 우리에게 새롭게 던져주는 아이디어도 있다. 새 학기를 맞았지만 결국 온라인 개학 및 개강을 했고 덕분에 사이버 공간에서 무언가를 배우는 일에 많은 사람이 익숙해졌다. 그래서 이런 제안을 해보고 싶다.

발달심리학 등과 같은 재미있는 심리학 수업과 가족관계를 비롯한 대인관계 관련 수업을 모두가 사이버 교육을 통해 이수할 수 있게 하면 어떨까? '교양 과목 주간' 같은 것을 만들어 다양한 방법으로 사람과 관계 배우기를 시도해보면 어떨까 하는 것이다. 예전에는 실현하기 어렵다고 여겼던 일들이 이제는 가능하리라는 희망이 생겼다. 교실과 가정과 사회가 톱니바퀴처럼 맞물려 돌아가는 교육 현장을 꿈꿔본다. 이런 일이 현실이 된다면 다음에 나오는 사례들은 굳이 소개할 필요도 없이 어느 집에서나 흔하게 일어나는 일이 되리라 믿어 의심치 않는다.

이렇게 대화하면 어떨까

최근에 접하게 된 사례를 하나 소개해보려고 한다. 아마도 많은 사남이 성험했을 멉한 에피소느나.

고등학교 2학년이 된 남학생과 아버지 사이에서 벌어진 일이다. 고2인 아들과 아버지는 사이가 좋은 편이다. 주말이면 가끔 LP를 사러 함께 외출하기도 하고 음악 이야기를 나누기도 하는 등 속마음이야 어떻든 겉으로는 잘 지냈다. 아들과 아버지의 음악적 취향은 조금 달랐지만 크게 문제 될 일은 아니었다. 단지 자신이 소중히 여기는 LP를 함부로 다루지 말 것을 거듭 말하곤 했다. 그날도 같은 이야기를 반복하는 아들의 말을 아버지는 귀담아듣지 않았다.

평소 밤늦게 학원에 가는 아들을 데려다주고 데려왔던 아버지는, 등원 시간이 되자 아들을 찾았지만 이미 집을 나가고 난 뒤였다. 아들이 혼자 갔으려니 생각하고 하원 시간에 맞춰 수학학원 앞에 가 차에서 대기 중이었다. 그런데 웬일인지 수업이 끝날 시간이 1시간이나 지났는데도 아들이 나오지 않았고 급기야 집에 전화를 걸었다. 아내는 아이가 벌써 들어왔다고 얘기하며 무척 당황스러워했다. 아이를 집 앞에 내려주고 차를 살피느라 시간을 보냈다고 생각해서 따로 전화를 걸지 않았다고 다급하게 변명하기도 했다.

전화를 끊고 아내는 아들을 다그쳤다. 어찌 된 일인지 물었더니 아들은 아빠랑 얘기하기 싫어서 평소 집을 나섰던 시간보다 조금 일찍 나와 다른 길로 돌아서 걸어왔단다. 화가 나면 불같은 성격인 남편을 잘 아는 아내는 남편이 들어오면 한바탕 소동이 날 것 같아

불안하고 초조해하며 이런 상황을 벌인 아들을 혼낸 것인데 아들은 의외로 담담했다. 아빠의 성격을 모르지 않는 아들이 이런 일을 저질렀을 땐 어찌 되든 감당하겠다는 의지가 있기 때문이었을 것이다.

아이는 자기 방으로 쏙 들어가버리고 남편이 들어왔다. 아내는 남편 뒤를 쫓아다니며 변명하느라 정신이 없었다. 앞뒤가 맞지도 않는 말을 마구 쏟아내고 있었는데 남편은 옷을 갈아입더니 바로 침대로 갔다. 괜찮으냐고 물으니 화를 낼 힘도 없다며 눈을 감았다. 그리고 다음 날 출근해서는 아내에게 문자 메시지로 아들이 왜 화가 났는지 물었다. 미리 아들의 이야기를 들은 아내는 아이가 LP 때문에 화가 난 것 같다고 말했다.

그리고 퇴근해서 집에 돌아온 아버지는 바로 아들 방으로 향했다. 아들이 좋아하던 LP를 한 장 사 들고 와서는 "아빠는 너랑 관계가 깨지는 것을 원치 않아, 네가 그렇게 속상한 줄은 몰랐어. 앞으로 조심할게. 혹시 아빠가 또 그러면 꼭 얘기해줘"라며 일어섰고 아들은 작은 소리로 "나도 미안해"라고 말했다고 한다. 평소의 남편이라면 이런 행동을 취하리라고 좀처럼 예상하지 못했을 텐데, 어찌된 일인지 어리둥절하면서도 너무 감동적이었다며 아내는 당시의 상황을 들려주었다.

그날 이후 아들과 아버지는 조금 더 돈독해진 모습이고 그 후로도 아버지는 아들의 잘못에 대해 한마디도 묻지 않았다고 한다. 만일 "아빠도 잘못했지만 니도 잘한 것은 없지 않니?"라고 물었다거나 "아무리 화가 나도 아빠가 기다리는 걸 뻔히 알면서 어떻게 그럴 수가 있어?"라고 물었다면 상황이 달라졌을 것이다. 모르긴 해도 앞서 소개한 사례에서 아내는 남편이 너무 훌륭해 보였고, 그래서 더 잘해주고 싶을 터다.

조금 시간이 지난 사례이긴 하지만 하나 더 소개해보겠다. 이 사례는 프로파일러로 일하기 전 상담실에서 겪은 일인데 인상적이어서 아직도 기억에 남는다. 맞벌이하느라 아이가 초등학교에 입학하기 전까지 할머니 할아버지에게 맡겨서 기른 엄마의 이야기다. 부부 모두 퇴근이 늦다 보니 아이를 돌보면서 직장 다니는 일이 쉽지 않았다. 고민 끝에 시골에 살고 계신 부모님에게 아이를 맡기기로 하고 한 달에 한두 번 시댁으로 내려가거나 휴가를 같이 보내는 정도로 아이를 만나면서 생활했다.

초등학교 입학을 앞두고서는 베이비시터의 도움을 받아가며 키워보기로 마음먹고 아이를 데려왔다. 그런데 그때부터 전쟁이 시작되었다. 사사건건 문제가 생겼다. 말도 잘 안 듣고 자기가 하고 싶은 대로만 하려고 해서 잘못을 지적하면, 할머니는 그러지 않았다며 아이는 투정을 부렸다. 힘든 점이 한두 가지가 아니었다.

할머니 할아버지 밑에서 성장해 버릇이 없어진 것 같아 야단을 치거나 달래보기도 했다. 그럼에도 불구하고 상황은 도저히 나아지지 않았고, 부모는 상담실 문을 두드리게 되었다. 처음엔 떨어뜨려 놓고 키운 게 미안해서 눈감아줬는데 이대로 초등학교에 입학했다가는 죽도 밥도 안 될 것 같다며 아이를 어떻게 했으면 좋을지 물었다. 이 순간 내 역할은 상담을 받으러 온 사람에게 조언을 줄 뿐, 아이를 어떻게 해줄 수는 없음을 명확히 인식시키는 것이다. 냉정하게 들릴지 모르겠지만 잘 알지도 못하는 아이를 바꿀 수는 없는 일 아니겠는가?

이 과정에서 약간의 정적이 흘렀지만 잘 마무리했고 엄마는 아이가 아닌 자기 중심으로 상황을 이야기했다. 아이를 야단치면서도 엄마로서의 역할을 제대로 하지 못한 자신을 계속 원망하고, 아이에게 미안한 마음과 아이가 잘못될까 봐 걱정하는 마음이 뒤섞여 상황을 있는 그대로 보고 판단하지 못하고 있는 것 같았다. 상담을 진행하면서 그런 심리 상태가 분명히 드러났고 미안한 마음을 그대로 아이에게 전하는 것이 좋겠다고 나는 말했다.

그리고 며칠 후 꽤 밝은 표정으로 상담실을 찾아온 엄마는 아이에게 무릎을 꿇고 빌었다고 한다. 아이가 말을 듣지 않고 자기 마음대로 하려는 순간, 상담했던 내용이 생각나서 자신도 모르게 무릎을 꿇고 "엄마가 미안해, 엄마가 잘못했어"라고 말했고 둘이서 끌어안고 펑펑 울었다고 했다. 놀라운 사실은 그 일이 있고 나서 아이가 몰라보게 달라졌다는 것이다. "할머니 할아버지 집에서는 그렇게 안 했어", "할머니가 해도 된다고 했어", "힐아버지는 그렇게 밀하지 않았어"를 반복하던 아이가 "엄마! 나 이거 해도 될까?", "엄마, 이거 어떻게 해야 하는 거야?"라며 질문도 많아지고 잘 해보려고 노력하고 있었다. 아이가 엄마를 일부러 골탕 먹이기 위해 말을 듣지 않았다기보다는 아이한테도 적응하는 시간이 필요했었던 것 같다. 엄마의 마음을 잘 모르니 야단치고 규범만 가르치려고 하는 엄마가 아이에게도 버거웠던 듯하다. 오랜 기간 할머니 할아버지의 눈높이에 맞춰 생활하던 아이로서는 어쩌면 당연한 일일 것이다.

두 가지 사례 모두 서로의 마음이 닿는 순간 사람은 변화한다는 사실을 확인시켜준다. 때로는 가르칠 필요도 있지만 가족 내에서 미묘한 감정이 흐를 땐 진심을 전달하면 해결되는 것 같다. 상대방을 바꾸기는 불가능하다. 오로지 나 자신만 바꿀 수 있고 나를 바꾸는 순간 상대가 바뀔지도 모른다는 희망이 있을 뿐이다. 또 누가 잘못했는지 헷갈리거나 정확한 판단을 내리기 힘들 때는 결론 내리기를 보류할 필요도 있다. 아니, 분명히 상대방이 잘못했다고 생각되더라도 두 사람 모두 흥분하거나 감정적으로 고조되어 있을 때는 처음부터 다시 헤아려보거나, 시차를 두고 판단할 필요가 있다. 그럴 때 나는 어떻게 하는지 생각해보면서 말이다. 범죄자뿐만 아니라 많은 사람이 이러한 어려움을 호소하고 있다.

한국 사회에서 발생하는 사건 사고가 결국 가족 내의 문제라고 단정하고 모든 책임을 가족에게 돌리려는 것은 아니다. 사건의 유형을 나누어 살펴보니 부정적으로 만들어진 감정에서 출발한 관계 형성의 문제임을 깨달았을 뿐이다. 사회는 이미 고도로 발전했고 다양한 관계 속에서 적응해야 함에도 불구하고, 많은 사람이 그럴 기회를 갖지 못하는 현실을 보자는 것이다. 이미 가정교육도, 학교 교육도, 인성 형성도 개인의 문제로 한정할 수는 없는 사회구조가 만들어져 있다.

가정의 자리를 되찾으려면

예전 모습을 찾아보기 힘든 현재의 사회구조에서 반드시 필요한 가정의 순기능을 어떻게 만들어낼 것인가가 숙제이다. 마치 총량이 정해진 듯 사람의 공격적인 성향은 충분히 표출되고 나면 괜찮아진 다는 말이 있다. 그래서 어려서 말썽을 많이 피운 사람들이 성장하고 나서는 문제를 일으키지 않게 된다는 것이다. 이 말에 따르면 성선설을 믿든 성악설을 믿든 사람은 누구나 공격적인 성향을 가지고 있고 시기나 방법이 조금 다를 뿐 언젠가는 표출되기 마련이며, 이러한 충동을 제대로 발산하는 사람이 건강하다. 또 사회적 지지망(환경에 의하여 제공되는 사회적 연결로서 가족, 친구, 교사, 이웃, 직장 동료,

기여사회, 개인에게 도움을 주는 전문가 등을 말함)이 갖추어진 사람은 자신의 감정을 세련되게 표출한다. 하지만 이 기회가 억압되고 감정이 억눌린 사람들은 더 이상 참을 수 없는 순간이 오면 감정이 폭발해, 사회에서 정해놓은 테두리를 벗어나 범죄행동으로 이어질 수 있다.

우리가 처음 만나는 사회인 가정과 그로부터 형성되기 시작하는 사회적 지지망을 통찰하다 보면 부정적 신념과 인생관이 형성되는 과정은 다양하다는 사실을 알 수 있다. 과거에 긍정적이고 의미 있는 인간관계를 경험해보지 못한 사람의 경우, 부모나 타인과 친밀하고 따뜻한 관계를 형성하지 못하고 고립된 채로 성장한다. 이 과정에서 인간관계에서 느낄 수 있는 즐거움과 기쁨을 느끼지 못했기 때문에 부정적 신념과 인생관이 형성된다.

부모에게 매달리고 의존하려는 아이가 부모로부터 거부당하고 좌절당하는 경험을 많이 하게 되면 부모와의 관계에서 벗어나 혼자만의 세계에 안주하려는 성향을 보인다. 그리고 이러한 성향이 인간관계 경시형으로 발전할 수 있다. 또 폭력적인 가정 환경에서 불행한 가족관계를 보면서 자랐거나 굳게 믿었던 사람에게서 심한 배신감을 느낀 사람들은 인간관계 자체에 부정적인 시각을 가지게 되는 경우가 많다. 그러니 건강한 가정과 인간관계를 만들기 위해 작은 걸음이라도 옮겨보자.

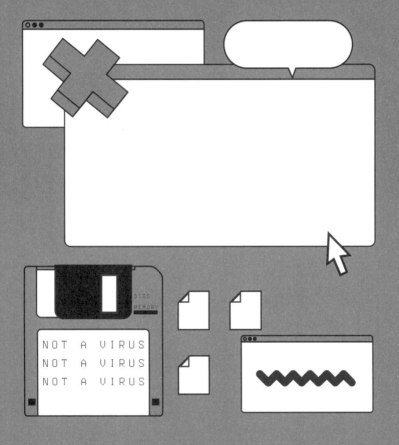

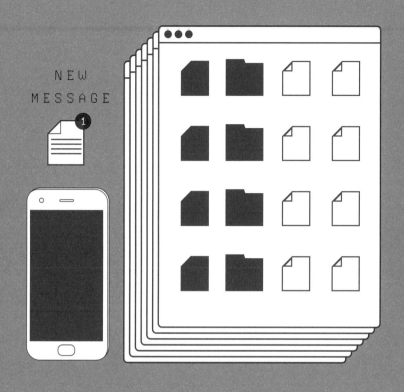

4

NEW
MESSAGE

그럼에도 포기할 수 없는 것

사이코패스라는 딜레마

비산 혈흔(날아서 흩어져 떨어진 혈흔)으로 엉망이 된 현장에서 피해자를 보고 돌아오거나 검거된 피의자와 면담을 마치고 돌아오는 길엔 어김없이 수많은 질문과 마주하게 된다. 어떻게 사람이 사람을 그리도 처참하게 만들 수 있는지 머리가 복잡해지기도 하고 도대체 사람이란 무엇인지에 대한 생각을 떨치기가 어렵다. '범죄자는 만들어지는 걸까, 아니면 태어나는 걸까?', '왜 살인이라는 극단적 선택을 하는 걸까? 그 상황을 피할 수는 없었나?', '연쇄 강간 살인범의 머릿속에는 무엇이 들어있을까?' 따위의 질문이 꼬리에 꼬리를 문다. 일과 관련된 장소가 아닌 곳에서는 가능하면 생각하지 않으려고 노력하는데도 때때로 끝없이 솟아나는 물음을 안고 면담

장면을 떠올리게 되기도 한다.

14명의 여성을 살해하고도 자신이 살기 위해 살인을 저지른 뒤 피해자고 뭐고 다 잊고 살았다는 범죄자, 어머니의 재산을 혼자서 모두 차지하려고 배우자와 공모해 어머니와 형을 죽이고도 경찰서에 방문해서 실종 신고를 하는 범죄자, 부모를 집에서 기르던 닭과 똑같은 방식으로 무참히 살해하고도 현재 가장 걱정되는 일이 무엇이냐는 질문에 최근 개통한 휴대폰을 어떻게 처리할지 그게 가장 걱정이라는 범죄자, 옆집이 물방개로 한가득 차 있는데 그 물방개들이 곧 자신을 죽일 것 같았고 죽지 않기 위해서 함께 생활하는 어머니를 죽일 수밖에 없었다며 알 수 없는 말을 늘어놓는 범죄자 등… 수많은 피의자의 유형만큼이나 고민이 깊어질 때가 많다.

금전이나 원한과 관련된 살인도 마찬가지기는 하지만 어린아이나 여성, 노인처럼 아무것도 모른 채 반항조차 해보지 못하고 공포 속에서 죽음을 맞이한 피해자들을 보면 한동안 가슴이 먹먹해지고 할 말이 없어진다. 누구도 해결해주지 않는 물음들을 나 자신에게 던지며, 만나게 될 범죄자들에게 무슨 말을 해줘야 할지 정리가 안 될 때도 있다. 나는 누구고, 또 그들은 누구인가에 대한 생각들이 복잡하게 얽히기도 한다.

연쇄살인이나 연쇄강간, 소아기호 범죄자 등 사이코패스라고 판단되는 피의자들을 만나면 겉으로는 전혀 내색하지 않아도 정말 악마라는 생각이 든나. 신성이 곤두서서 표정 관리하기가 쉽지 않다. 그러나 실제로는 어쩌다가 이런 범죄와 연결되었는지, 도대체 무엇이 평범해 보이는 이 사람을 아무것도 돌아보지 않고 오로지 범죄에만 집중하게 했는지, 기가 막히는 범죄자를 만날 때가 훨씬 더 많다.

매스컴에서 보도되는 흉악범들을 만나면서 사람이 무엇이라고 생각하느냐는 질문을 종종 받지만 한마디로 정의 내리기도 쉽지 않은 것 같다. 범죄를 저지른 대다수가 반사회성을 가진 것은 맞지만, 그중 사이코패스로 분류되는 범죄자는 극소수이다. 그래서 내 경우엔 사이코패스 범죄자와 그 이외의 범죄자에 대한 감정이 서로 다르다.

정말 사이코패스가 있을까

일단 사이코패스로 분류되는 범죄자들은 그야말로 괴물이다. 사람의 탈을 쓴 악마랄까? 절대 좋은 단어로 표현하고 싶지 않은 마음이다. 최근 밝혀진 '화성 연쇄살인'으로 불렸던 사건의 피의자는 처제를 살인하고 교도소에 수감 중인 지금도 전처를 원망한다. '전처가 집을 나가지만 않았다면 검거되지 않고 강간과 살인을 조금 더

할 수 있었을 텐데'라는 아쉬움을 표현하고, 가장 인상 깊은 피해자가 누구인지 물었을 때 피해자가 고통스럽게 죽어가는 장면을 떠올리며 피해자도 좋아하는 것 같았다는 말도 안 되는 말을 늘어놓기도 한다. 또 웃는 얼굴로 앉아서 면담을 진행하는 프로파일러들이 자신에게 호감을 가지고 있는 듯하다는 말을 서슴지 않고 꺼내놓는다. 순간적인 감정을 주체하지 못하고 범죄를 저질렀다 하더라도, 사람이라면 자신의 잘못을 제대로 인정하고 피해자에게 미안함을 표해야 하는 것이 당연한데도 반성하거나 후회하는 감정을 엿보기 어렵다. 그러니 이들을 우리와 같은 유의 사람이라고 인정하고 싶어지지 않는다.

앞뒤가 맞지도 않고 이해하기도 힘든 그들의 이야기를 프로파일러들이 경청하는 이유는 그들의 입을 통해 범행 내용을 빠짐없이 듣고 실체적 진실을 낱낱이 밝혀 피해자들의 억울함을 풀어주기 위함이다. 법정에서 제대로 된 처벌을 받게 함으로써 말이다. 죄와 사람을 분리해서 봐야 한다는 것을 알고 있고 대부분 그렇게 하려고 노력하지만, 사이코패스와 면담을 마치고 난 이후에는 트라우마가 전혀 없다고 말하기 어렵다. 같은 일을 하는 동료들이 없다면 극복하기 쉽지 않았을 터다.

얼마 전 구치소에서 면담할 때 교도관이 했던 말이 생각난다. 교도관의 삶을 생각해보았느냐며 그들은 절대로 범죄자의 죄를 묻지 않는다고 했다. 심지어 교도관 자신도 매스컴 등을 통해 우연히 알게 되는 범죄사실 이외에 그 어떤 것도 궁금해하거나 찾아보지 않는다는 것이다. 범죄자가 저지른 죄에 관심을 가지기 시작하면 사람이 미워져서 교도관으로서 살아가기 힘들다는 이유였다. 또 어떻게 하면 범죄자가 교도소에서 생활하는 동안 불편함이나 큰 문제 없이 잘 살아갈 수 있을까 하는 데에만 신경을 써야 오랫동안 교도관으로 살 수 있다고 덧붙였다.

어떻게든 실체적 진실을 밝히려는 프로파일러와는 다른 성격을 띤 직업이기는 하지만 너무나 공감되는 말이었다. 범행 내용을 자세히 알게 된다면 웃는 얼굴로 수형자들을 대하기 힘들 것 같다. 때때로 프로파일러는 피해자의 특성을 파악하기 위해 피해자 가족과 만나기도 하는데, 이때 피해자뿐만 아니라 그의 가족이 겪고 있는 분노와 원망, 절망도 함께 만나게 된다. 그 때문에 사건과 나를 분리하고자 하는 노력에도 불구하고 피해자들의 고통을 고스란히 전해 받는다. 마치 내 가족이 피해자가 된 듯한 경험을 하게 되니 조금도 반성하지 않고 범행 과정을 무용담처럼 설명하는 피의자를 곱게 보기 어렵다.

솔직히 피해자들의 고통에 전혀 공감하지 못하는 그들을 어떤 방법으로 변화시킬 수 있을지 자신 있게 말할 수도 없다. 만일 그들이 수감 중이라면 다시는 범죄를 저지르지 않으리라는 확신이 설 때까지 가석방도, 형 만료 출소도 절대 안 된다고 말하고 싶다.

희망을 포기할 수 없는 사람들

그러나 사이코패스로 생각되지 않는 피의자들에 대한 생각은 좀 다르다. 같은 부모 밑에서 나고 자란 형제자매들이 모두 같은 모습으로 살아가지는 않는다는 사실은 너무나 잘 알고 있다. 범죄자들의 출생 및 성장 배경, 생활 환경 등을 다룬 이론서들을 살펴보면 이들이 불우한 환경에서 성장했거나 어린 시절 학대당한 경험이 있고, 소극적인 성격에 잠재적인 스트레스를 늘 가지고 있었다고 설명한다.

2006년 1월부터 지금까지 3백 명이 넘는 범죄자를 만났고 그중에는 도저히 이해하기 어려운 범행을 저지른 사람도 꽤 있었다. 프로파일러가 만나는 사람들 대부분이 강력범죄를 저지른 이들이기 때문에 평범하다고 생각되는 사람은 단 한 명도 없었다. 제각기 나름대로의 사연이 있음을 설명하고 싶어 했고 나는 그런 이야기들을 열심히 경청했다. 도무지 이해하기 어려운 말들도 많았지만 잘 듣고 공감되지 않는 부분도 공감하는 듯 반응할 수밖에 없었던 때도 자주 있었다. 그러다 보니 어떤 경우엔 '혹시 이러다 나까지 이상해지는 건 아닌가?' 하는 생각이 들 때도 있었고 공감하는 척 앉아 있다가 나와시는 다른 평기를 히고 있는 내 모습이 낯설게 느껴진 적도 있다.

어떤 범죄자는 처음부터 나를 경계하고 공격적으로 대하기도 하고, 아예 유치장에서 나오지도 않은 채 큰소리를 지르며 면담이고 뭐고 필요 없다며 고집을 피우기도 한다. 유치장 안에서 못을 삼키고 자살을 기도하기도 하고, 입고 있는 옷을 모두 벗어 던지며 난동을 부리는 사람도 있다. 죄를 지었으면 얌전하기라도 하면 좋으련만, 잘못을 아는지 모르는지 제멋대로 행동하며 형을 적게 받을 방법만 연구하는 볼썽사나운 행태가 비일비재하다.

현장에서 벌어지는 이런 상황을 모르는 사람들은 경찰관이 과잉 대응을 했다거나 불친절하다고 말하기도 한다. 직원들이라고 두둔하려는 게 아니다. 일반인들의 지적이 맞는 경우도 있지만 범죄자들이 한 짓을 보고도 그런 말을 할 수 있을지 의문이다. 끔찍하게 죽어 있는 피해자를 보면 범죄자를 향한 비난이 절로 나오지만, 막상 면담에서 마주하는 범죄자는 나랑 다를 게 없는 사람이다. 그런데 그들이 어쩌다가 내 앞에 와서 앉아 있는 것인지를 알아보는 것이 프로파일러의 일이다.

어디에서 태어났는지? 누구에 의해 양육되었는지? 부모와 함께 생활했는지? 형제들과의 관계는 어떠했는지? 부모는 어떤 사람이었는지? 부모와의 관계는 어떠했는지? 이사는 몇 번이나 했는지?

초등학교, 중학교, 고등학교는 졸업했는지? 학창시절 교우관계는 어떠했는지? 사람들은 본인을 어떤 사람이라고 평가하는지? 본인은 자신을 어떤 사람이라고 생각하는지? 어떤 일을 해보았는지? 이성관계는 어떠했는지? 결혼한 경험은 있는지? 첫 성경험은 누구와 어떠한 상황에서 했는지? 어디에서 사는지? 같이 사는 사람이 있는지? 동물을 좋아하는지, 아니면 싫어하는지? 동물을 괴롭힌 경험이 있지는 않은지? 평소 좋아하는 옷이나 헤어스타일이 있는지? 가장 행복했던 기억은 무엇인지? 가장 슬프거나 괴로웠던 순간은 언제인지? 꿈이 있는지? 지금 가장 걱정되는 일은 무엇인지?

범죄와 관련된 사항이 아니더라도 이러한 모든 것을 묻는다. 범죄와 직접적으로 관련이 없어 보이는 이런 질문에 대한 답 속에 범죄와 관련 있는 정보가 많이 쏟아져 나온다. 대부분 범죄자들도 자신이 왜 프로파일러 앞에 앉아서 의아해하면서도 개인사를 술술 풀어놓는다.

자신이 왜 범행하게 되었는지 모르는 경우도 아주 많다. 프로파일러라는 직업인으로서 해야 할 일은 범죄를 저지른 그들을 정확히 이해하고 범행 동기를 탐색해 범죄 전, 중, 후의 행동들을 분석해서 유사한 범죄가 발생하면 조기에 해결할 수 있도록 데이터를 축적하는 것이다. 하지만 상담심리와 교육학을 전공한 내가 생각하는 또 하나의 목표는 범죄자들이 나와의 만남을 통해 아주 작은 것 하나라도 자신에 대해 알게 하는 것이다.

자기 자신을 통찰하지 않는 그들에게 범죄와 만나기까지 자신의 삶을 면밀히 살펴볼 기회를 주고 싶다. 처음 보는 사람에게 자신의 이야기를 꺼내놓으며 눈물을 흘리기도 하고, 자신의 범행을 시인하고 관련된 세부 사항을 설명해서 더 큰 벌을 받게 될지도 모르는 상황인데도 면담을 마치며 고맙다는 이야기를 하는 그들을 누가 이해할 수 있을까? 오로지 자신에게만 시간을 할애해서 이야기를 집중해 들어주는 경험을 해보지 못한 이들로서는 범죄자임에도 프로파일러에게 고마움을 느끼는 것 같다.

일은 이미 벌어졌고, 검거된 상황에서 어디서부터 어디까지 사실대로 말할지 범죄자는 끊임없이 갈등할 것이다. 왜 범죄를 저질렀고 피해자와 어떤 상호작용이 있었는지는 범죄자만이 알고 있는 내용이다. 수사관들은 이미 벌어진 상황을 보고 묻지만, 있는 사실을 그대로 말하고 아니고는 범죄자의 선택인 것이다. 열심히 설명한다고 해도 자신의 형량에 영향을 미치지 않으리라고 판단되면 굳이 떠올리고 싶지 않은 장면들을 떠올리는 데 애쓸 필요가 없다고 생각하기도 한다.

우리도 마음을 잘 알아주는 사람과의 대화가 편하고 오랜 시간 이야기하고 싶듯, 강력범죄를 저지른 범죄자들도 비슷한 마음이리라 추측해본다.

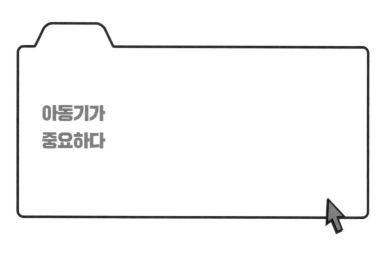

아동기가 중요하다

인간의 심리적·사회적 발달에 대해 이야기하는 학자들의 대부분은 인간의 발달단계 중 가장 중요한 시기가 태어나서 초등학교 입학하기 이전까지의 기간이라고 의견을 같이한다. 이때 만들어진 여러 감정이 사람이 평생을 살아가는 데 영향을 미치게 된다는 것이다. 성장 과정의 각 단계에서 수행해야 할 과업을 결정적 시기에 제대로 해내지 못하고 부정적인 감정들이 발달하게 되었을 때, 그리고 자신의 이야기를 들어줄 좋은 사람을 만나지 못했다면 위기의 순간에 부정적인 방향으로 발현될 수 있다. 이런 주장에 어떤 사람의 이야기가 딱 들어맞는다고 말하기는 어렵지만 범죄자들과 만나는 일을 하면서 '정말 그렇구나' 하고 확신하게 되었다.

좋은 부모, 긍정적인 에너지를 주는 사람들과 함께 생활하면서 어린 시절을 아주 행복하게 보낸 사람은 어려운 상황이 닥쳐도 쉽게 좌절하거나 극단적인 상황으로 자신을 내몰지 않을 확률이 높은 것 같다. 지금까지 내가 만나본 범죄자들은 가장 행복한 순간이 언제인지를 물었을 때 거의 모두가 쉽게 말문을 열지 못했다. 설마 한 사람도 없었느냐고 묻고 싶겠지만 정말 없었다. 부정적인 환경에서 자랐다고 해서 모두 범죄자가 되지도, 모두 같은 선택을 하지도 않는 것은 틀림없다. 하지만 이런 심리적 환경을 가지고 있는 사람들이 끊임없이 부정적인 상황과 부딪히게 되면, 그러다가 자신에게 딱 맞는 상황을 만나 어두운 그림자가 잔뜩 들어앉은 방문을 열게 되면, 통제하기 어려운 상황으로 자신도 모르는 사이 성큼성큼 걸어 들어가게 된다고 생각한다.

수학이 필요한 이유

초등학교 때 셈하기로 시작해서 고등학교 때 미적분을 배우기까지 도대체 왜 그렇게 어려운 수학을 공부해야 하는지 이해하기 힘들었다. 물건을 사고 거스름돈을 제대로 돌려받을 정도의 산수만 배우면 되는 건 아닌지 의문이 많았다. 문과생 중에서는 비교적 수학에 관심이 있었던 나는 그렇게 생각했고 다른 친구들도 비슷한 얘기를 많이 하곤 했다. 그런데 범죄자들을 만나면서 수학이 얼마나 중요한 과목인지 알게 되었다. 논리적 사고가 얼마나 사람을 건강하게 살도록 하는지 깨달은 것이다. 수학만 논리적 사고를 키우는 과목은 아니겠지만 수학을 배우면서 자연스럽게 논리적 사고가 발달되는 것은 아닌가 하고 생각하게 되었다.

여기까지 읽어도 도대체 왜 수학이 그토록 필요하다고 말하는 것인지 이해하지 못할지도 모르겠다. 그럼 이건 어떻게 생각하는가? 절도죄로 실형을 선고받고 형을 마치고 나온 지 한 달이 채 되지 않아 똑같은 범죄를 저질러 유치장에 수감된 범죄자를 만난 적이 있다. 보통 단순히 절도죄를 저지른 범죄자를 만나지는 않는데 담당 형사가 꼭 한 번 만나봐달라고 부탁해서 가게 된 상황이었다.

평소 면담에서 하듯이 나는 그에게 성장 배경과 더불어 지금까지 살아온 삶을 물었다. 그러던 중 '정말 교도소에 다시 가고 싶지는 않다'며 그가 눈물을 흘리는 모습을 보았다. 교도소에 다시 가기가 정말 죽기보다 싫다고 말하는 그에게 '그렇게 가기 싫으면서 왜 또 범죄를 저질렀느냐'고 물었다. 그랬더니 자신이 선택할 수 있는 길이 범죄밖에는 없었다는 것이다. 교도소에 있는 동안 부모가 이사해 갈 곳도 없고 배는 고프고 돈도 없는데 자신이 뭘 할 수 있겠느냐며 큰소리를 치기까지 했다.

그렇지만 내 앞에 있어서 그렇게 말하는 피의자는 신체 건강한 청년이었다. 얼핏 보아도 호남형이었고 혼자 몸으로는 뭘 해도 먹고사는 데는 전혀 지장이 없을 것 같았다. 그래서 이런 점을 하나하나 이야기하니 그제야 그렇게 생각해보지 못했다고 말하는 것이었다. 화가 나고 막막하다는 생각밖에는 아무런 생각이 안 났다며 범죄를 저지르기 전에 나를 만났으면 좋았겠다고 말하는 그가 너무 안타까웠다. 같은 상황에서 자신이 고를 수 있는 선택지가 여러 개 있다는 것을 알았다면 범죄라는 책임지기 버거운 선택을 하지는 않았을 테니 말이다.

이럴 때 제일 먼저 떠오르는 것은 '경우의 수'이다. 초등학교 시절 수학시간에 '주머니 안에 빨간 구슬 5개, 파란 구슬 3개, 노란 구슬이 3개 들어 있는데 그중에서 빨간 구슬을 꺼낼 확률은 얼마나 될까?'와 비슷한 유형의 문제를 푸는 방법을 배웠던 것 같다. 물론 이 문제를 해결하려면 주머니 안에 빨간 구슬, 파란 구슬, 노란 구슬이 들어있다는 사실을 알아야겠지만. 화가 나고 황당한 상황에서 자신이 선택할 수 있는 답지가 여러 개 있다는 것 자체를 모르면 경우의 수니 뭐니 해도 다 필요 없어지는 게 아닐까? 최소한 다른 방법은 뭐가 있을지 생각해볼 여유는 가질 수 있지 않을지.

누구나 사이코패스가 될 수 있을까

매년 연말 즈음에 보건복지부와 중앙아동보호전문기관에서는 〈아동학대 예방포럼〉을 진행한다. 나는 2019년에 개최된 제6회 포럼에 토론자로 참여하게 되었다. 아동학대를 저지른 범죄자들을 직접 만나면서 느낀 점이나 예방 차원에서 할 수 있는 일 등에 대해 이야기를 나누던 중, '사람에겐 누구나 사이코패스적 성향이 있는 것 같으냐'는 질문을 받았다.

결론부터 말하자면 모든 사람이 사이코패스적 성향을 가지고 있다고 생각하지는 않지만 어느 정도 공격성을 가지고 있다는 점에는 동의한다. 영아기의 아이들은 배가 고프거나 불편한 부분이 있을 때 울음을 터뜨린다. 욕구가 해결되지 않으면 더 크게 울기도 하면서 자신의 불만족스러운 상황을 알린다. '쾌'보다 '불쾌'의 감정이 먼저 발달하고 세분화된다는 것이 발달심리학을 연구하는 학자들의 생각이다.

그러다가 언어능력이 발달하면서 불쾌함을 표현하는 방식이 좀 더 세련되어지고 다른 사람을 불편하게 하지 않으면서 자신의 욕구도 충족시키는 방법을 학습하게 된다. 그리고 자신이 어떤 행동을 했을 때 타인은 어떻게 받아들일지도 예측하고, 상대방의 표정이 어떤 의미인지도 파악할 수 있는 능력이 생긴다.

현실에서는 불쾌한 결과가 따르리라는 것을 알아치리면 하고 싶은 일도 하지 않거나, 싫은 일도 해야만 하는 상황이 벌어진다. 그런데 이 시기에 이와 관련된 것들을 제대로 학습하지 못하면, 또는 세련된 방법으로 자신의 욕구를 충족시킬 수 없게 되면 다른 방식을 찾거나 부정적인 심리사회적 발달을 경험할 수 있다. 이런 양상이 성인기까지 이어지게 되면 상대방의 감정을 살필 여유나 공감하는 능력보다는 이기적인 방식으로 자신이 원하는 것만 얻으려는 성향이 생기는 것은 아닌지 생각해보게 된다.

악을 배운다면
선도 배울 수 있다

사람은 누구나 참는 데 한계가 있다. 그릇의 크기에 차이가 있을지 는 몰라도 무한대로 참을 수는 없다. 그 한계를 넘어서면 어떤 방식으로든 폭발한다. 쫄보로, 찌질이로 살다가 우연히 자신이 화를 내거나 공격적 행동을 했을 때 상대방이 겁을 먹는 듯한 느낌을 받은 범죄자들이, 자신의 감정을 더욱더 강하고 공격적으로 표현함으로써 법의 테두리를 벗어나는 범죄행동으로 연결되는 경우가 종종 있다. 그래서 범죄자가 자신의 범행을 진술하며 "그런데 말이죠, 제가 그렇게 세게 나가니까 오히려 상대방이 깜짝 놀라더라고요" 하며 씩 웃어 보이는 사례도 보게 된다. 분명 잘한 일은 아니라고 하면서도 순간적으로 느꼈던 쾌감을 면담 과정에서 숨기지 못하고 드러내는 것이나. 이런 범죄사와 마주 있으면 소름이 끼치고, 사람이 맞나 하는 의문이 생기기도 한다. 유치장에 와 있는 것은 싫지만 그 순간만큼은 그동안 억눌렸던 분노가 해소되는 듯한 느낌을 범죄자는 받는 것 같다.

사람이 선하게 태어난 것인지, 아니면 원래 악하게 태어났는데 좋은 사람들과 어울려 살며 선한 영향을 받아서 선한 방향으로 성장하는 것인지 정말 모르겠다. 분명한 사실은 선이든 악이든 학습된다는 것이다. 그래서 범죄자를 대상으로 한 연구 중에는 범죄 가계(家系)나 쌍둥이와 관련된 것도 있다.

옛말에 "사람은 고쳐 쓰는 게 아니다"라는 말이 있다. 그만큼 사람이 변하기가 쉽지 않다는 말일 것이다. 그래서 타인을 바꾸고자 하는 노력은 그리 효과적이지 않을 때가 많다. 그렇지만 스스로 변화하려는 노력을 기울이거나 깊은 통찰이 이루어졌을 때는 급격히 변하기도 하는 존재가 사람이다. '진작 알았더라면…'이라며 그동안의 삶을 후회하거나 반성하기도 한다.

문제는 그 단계에 이르기가 쉽지 않다는 것이다. 누군가 억지로 시킨다고 해서 되는 일이 아니기에 더욱 그러하다. 그럼에도 불구하고 성공할 가능성이 있다는 것은 너무나 소중하고 긍정적인 측면이다. 인간은 학습과 깨달음을 통해 삶을 변화시킬 수도, 창조할 수도 있는 존재이니 희망적이지 않은가.

언제나
사랑이 옳다!

사람은 사랑이 필요한 존재다. 사랑의 방식은 각기 다르겠지만 어떤 형태로든 사랑이라는 감정을 끊임없이 갈구하는 것 같다. 충분히 사랑받고 있다고 생각하는 사람은 잘 참고 견디는 능력이 있다. 당장 누군가가 옆에 딱 붙어서 '나는 너를 사랑한다'고 속삭여주지 않아도 사랑받고 있다고 느끼며 성장한 사람은 결코 극단적 선택을 하지 않는다. 스스로의 목숨을 하찮게 여기지도 않고 타인의 생명이나 신체를 해치려는 행동을 하지 않는다. 나를 사랑하는 사람들이 나에게 어떤 기대를 걸고 있는지 잘 알기 때문에 분노 상황에서도 감정을 조절하고 행동을 제어할 수 있다.

 연쇄살인사건 범죄자와 면담을 하며 "어린 시절 충분한 사랑을 맡으며 성장했냐고 생각하세요?"라는 질문을 던졌다. 대부분의 질문에 답할 땐 여유 있는 모습을 보이던 사람이 이 물음엔 고개를 갸우뚱했다. 그는 무척 난감하고 불편해하며 당황하는 모습을 보였다. 범행과 관련된 질문도 아닌데 뭘 그러냐고 했더니 이에 대해 한 번도 생각해보지 않았다며 사랑은 무슨 사랑이냐고, 사랑이라는 감정이 무엇인지도 잘 모르겠다고 했다. 결혼도 사랑해서 한 것이 아니라 사귀던 여자가 임신했는데 낙태는 하지 않겠다고 해서 그냥 결혼식을 했을 뿐이라는 엉뚱한 대답을 내놓았다. "그럼 지금 다시 한번 잠시 생각해보세요"라고 했더니 어린 시절 농사짓느라 가족들과 대화할 시간도 없었고, 그래서 자신은 농촌에서 사는 게 너무 싫었다는 대답으로 대신했다.

사랑한다는 감정, 사랑받는다는 감정은 놀라운 힘을 가졌다. 가진 게 별로 없어도 괜히 너그러워지고, 내가 이렇게 큰 사람이었나 싶을 정도로 누군가를 품고도 남을 넓은 마음을 갖게 하기도 한다. 누군가에게 사랑과 지지를 받고 있다는 믿음은 어려움을 이겨낼 힘을 준다. 공격적인 사람을 만났을 때 그와 똑같이 적대적으로 맞서기보다는 판단을 보류하거나 적절한 방법으로 상황을 모면하도록 도와준다. 특히 어려서부터 충분히 응원받고 성장해 자신의 욕구가 그때그때 충족된 사람들에겐 이러한 경험이 보이지 않는 재산이 되어 평생 행복한 선택을 하게 되는 힘으로 작용한다. 이런 이유로 가족사진을 책상에 놓아두거나, 연인과 찍은 사진 등 행복했던 순간의 사진을 간직하려고 하는지도 모르겠다.

그래서 여행을 다녀오면 사진을 파일로만 가지고 있지 말고 인화해서 언제 어디서나 꺼내볼 수 있는 앨범으로 가지고 있으라고 권하고 싶다. 힘들고 어려운 순간이나 스트레스를 많이 받을 때 사진첩들을 꺼내 들여다보면 혼자서도 미소 짓게 되고, 그때의 기억을 떠올리며 새로운 에너지를 얻기도 한다.

행복한 기억이 없는 사람들

살인이나 강도, 성폭력 등 강력사건으로 분류되는 범죄를 저지른 후 피의자의 신분으로 프로파일러 앞에서 행복했던 순간과 관련된 기억을 끄집어내기가 쉬운 일은 아닐 것이다. 하지만 이보다 더 말하기 어려울 듯한 범행 관련 기억은 잘 떠올리면서도 유독 만족스러웠던 기억이 별로 없다고 말하는 범죄자들을 보면 안타까운 마음이 든다.

맞벌이하며 아이를 키우는 워킹맘들이 가장 힘들어하는 부분은 아이들과 함께하는 시간이 부족하다는 것이다. 그래서 아이들이 감기에 걸려 아프거나, 친구들 사이에서 사소한 문제가 생기기라도 하면 모두 자신이 부족한 탓이라고 생각하며 괴로워한다. 사실 함께 지내는 절대적인 시간이 중요한 것은 아니다. 자녀와 보내는 시간이 길다고 해서 아이에게 반드시 긍정적인 영향을 미치지는 않는다는 사실엔 많은 부모가 동의하리라 생각한다. 아이들이 중고등학생이 되면 부모님이 없는 시간을 더 좋아하는 듯하기도 하다. 그러니 부모가 아이와 매 순간을 함께해야 하는 것은 아니다. 다만 함께 있는 시간에 아빠 엄마가 자신을 충분히 지지하고 사랑하고 있음을 알게 하는 것이 중요하다.

퇴근하고 집에 들어갔을 때, 엉망이 된 채로 "엄마!" 하고 아이가 뛰어온다면 과감히 안아줄 수 있을까? 이 질문을 여러 사람에게 해봤지만 선뜻 그렇게 하겠다고 하는 사람이 그리 많지 않았다. 그런데 아이는 이 순간 얻는 에너지로 하루, 일주일, 한 달을 보내기도 한다면 어떻게 해야 할까? 뛰어오는 아이를 와락 안아주는 것만으로 도움이 된다면 조금 다른 선택을 할 수 있으리라. 아이는 부모가 꽉 끌어안아줄 때의 느낌을 본인의 '좋은 세계(Quality World, 현실요법에서 설명하는, 자신의 욕구를 충족시켜준 만족스러운 장면들을 보관하는 장소)' 안에 넣어두고 기억하게 된다. 이 책을 읽는 여러분의 '좋은 세계'에는 어떤 사진이나 그림이 담겨 있는지 한 번쯤 생각해볼 일이다. 우리는 살아가면서 행복한 사진을 많이 모아두려고 노력해야 한다.

사람은 생각보다 참 복잡하고 이해하기 어려운 존재다. 범죄자 자신도 왜 범죄의 길을 택했는지 잘 모르고, 그 행동이 자신의 선택이있나는 것도 받아들이지 못하는 경우가 대부분이다. 모든 행동은 욕구를 충족시키는 방향으로 선택되고, 결과에 대한 책임도 스스로 지게 된다. 우리의 뇌에는 매 순간 일어나는 일들에 결정을 내리도록 보이지 않는 시스템이 자리 잡고 있는 셈이다. 아주 무의식적으로 자연스럽게 이루어지는 듯한 행동, 흔히 범죄자들이 어쩔 수 없었다고 하는 행동도 모두 '선택'에 의해 이루어진다. 현실요법에서는 우리의 모든 행동이 그냥 행해지는 것이 아니라 모두 내면적인 요인에 의해 동기화된다고 본다.

이해하기 어려울 수 있겠지만 도박과 알코올 중독, 심지어 자살 행동 등도 모두 본인이 선택한 결과이다. "난 안 그러려고 했는데 나도 모르게 그렇게 됐다"고 말하는 순간, 방법이 없는 듯해 더욱 절망적으로 느낄 수 있다. 우리가 할 수 있는 일은 정신적으로 아픔이 있는 이들이 파괴적인 방법이 아니라 효과적인 방법으로 욕구를 충족하도록 대안을 마련하고, 만족스럽고 행복한 장면을 그들의 사진첩에 보관하도록 돕는 것이다. 이런 과정을 반복하다 보면 어쩔 수 없이 선택했다고 하는 일들이 자신의 선택이기 때문에 결과에 스스로 책임을 져야 한다는 사실을 자연스럽게 받아들이게 되고, 더는 잘못된 선택을 하지 않을 수 있게 된다. 범죄자가 태어날 때부터 결정되는 것은 아니니 어떻게든 그들이 자신을 이해하고 범행과 연결되지 않을 효과적인 방법을 배워야 한다.

그럼에도
포기할 수 없는 것

백지장 한 장 차이만큼 사고를 전환하는 것이 사람을 변화시킬 수도 있다는 말이 있다. 범죄와 관련된 기본적 기질을 타고난다고 말하는 사람도 있고, 사이코패스가 되는 데에도 기질적 요인이 상당히 작용하며, 부모의 양육 태도와 같은 어린 시절의 요인이 결정적으로 영향을 미친다고도 한다. 나는 범죄자가 어느 날 갑자기 하늘에서 뚝 떨어지는 것이 아니라 서서히 만들어진다고 생각한다. 이는 범죄율을 감소시키는 것이 어렵기는 해도 불가능한 일은 아니라는 의미가 된다. 범죄자들에게 얼마만큼 공을 들여야 할지 가늠하고, 매우 희박하더라도 변화시킬 가능성만 있다면 이들을 위한 사회적 장치가 반드시 필요하다고 본다. 왜냐하면 사람은 무한한 가능성을 가진 존재라고 믿기 때문이다.

사람은 누구나 자신이 삶의 주인공이기를 바라는 마음을 품고 있을 터다. 그런데 그 욕구가 결정적으로 발현되는 시기가 5세 무렵이고, 이 시기에 아이가 삶의 주인공이 될 수 있다는 확신과 지지를 보내주기만 해도 일생을 씩씩하게 살아갈 힘이 생긴다. 어떤 선택이나 결정도 스스로 하지 못하고 평생 눈치 보는 인생으로 사느냐 마느냐가 이때 결정된다면, 세상의 어떤 부모가 자식이 그렇게 살도록 만들겠는가? 그럼에도 불구하고 이런 지지와 배려를 받지 못한 어떤 이들이 조금씩 괴물로 변했다고 해서 절대로 그렇게 되기 이전으로 돌아오지 못하는 것은 아닐 터다. 우리가 보는 한 사람의 모습이 그 사람의 전부는 아니기에, 또 다른 가능성은 늘 열려 있다고 가정해야 할 것 같다.

사람은 모든 동물 중에 가장 약하게 태어나기 때문에 집단생활을 할 수밖에 없는 사회적 존재다. 그러다 보니 누구나 다른 사람과 친밀한 관계를 맺기 원하고 어떤 형태로든 네트워크를 형성하며 살아간다. 가정, 직장, 동아리 등에서 특정한 지위를 부여받기도 하고 개인의 욕구에 따라 다양한 집단의 성격에 맞는 역할을 선택하기도 한다. 그 과정에서 갈등 상황이 만들어지고 긍정적, 혹은 부정적인 방향으로 자신의 능력을 발휘하게 된다.

다행이면서도 놀라운 사실은 우리는 스스로 치유의 힘을 가진 존재라는 것이다. 극단적인 경우엔 전문가의 처방을 받아 약물치료를 병행해야 할 때도 있지만, 대부분의 사람은 자신의 마음을 들여다보고 상처를 아물게 할 수 있다. 이런 힘을 가지고 있다는 사실을 스스로 깨닫기만 하면 된다. 지금 이 책을 덮기 전에 우리가 반드시 기억해야 할 점은 '나는 참 괜찮은 사람이다. 열심히 사는 동안 상처를 받고 갈등을 겪기도 했지만, 나에게는 그 모든 것을 똑바로 쳐다보고 스스로 치유할 수 있는 힘이 있다'는 것이다.

오늘도 살인범을 만나러 갑니다

초판 1쇄 발행   2020년 10월 10일
초판 5쇄 발행   2023년 11월 16일

지은이   이진숙

펴낸곳   (주)행성비
펴낸이   임태주

편집장   이윤희
디자인   이유나

출판등록번호   제2010-000208호
주소   경기도 김포시 김포한강10로 133번길 107, 710호
대표전화   031-8071-5913
팩스   031-8071-5917
이메일   hangseongb@naver.com
홈페이지   www.planetb.co.kr

ISBN 979-11-6471-111-6 03810

행성B는 독자 여러분의 참신한 기획 아이디어와 독창적인 원고를 기다리고 있습니다.
hangseongb@naver.com으로 보내 주시면 소중하게 검토하겠습니다.

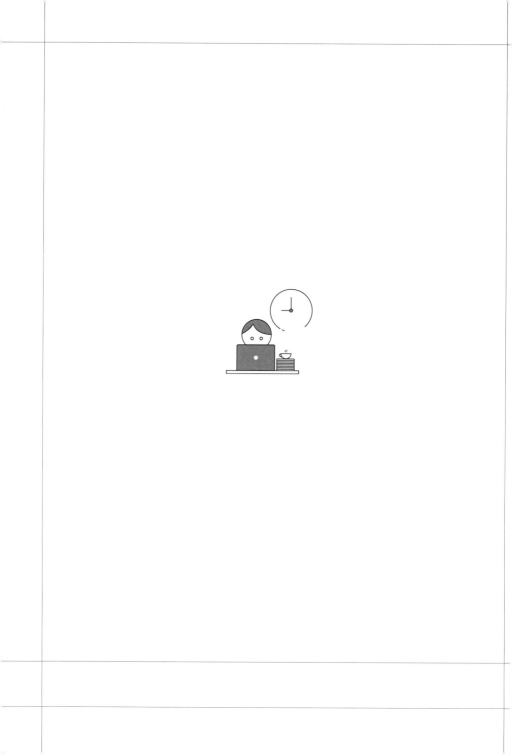